이야기 보석 상자

부클래식
034

이야기 보석 상자

요한 페터 헤벨
강창구 옮김

부북스

차 례

뜻밖의 재회 … 9
현명한 재판관 … 13
교활한 기병 … 16
라이덴 시의 불행 … 19
이상한 음식값 … 22
세 가지 소원 … 25
수의사 야콥 홈벨 … 29
쓸모없는 기술 … 34
카니트퍼스탄 … 36
별난 유령 이야기 … 41
나이세의 기병 … 47
나폴레옹 황제와 브리엔느의 과일장수 … 51
어느 영국 젊은이의 별난 운명 … 54
황당한 거래 … 61
짭짤한 수수께끼 … 65
완치된 환자 … 71
훌륭한 처방 … 76
개종 … 79
되로 받고 말로 준 장사꾼 … 82
안클람의 거지 도제 … 85

꾀 많은 상인 … 87
대단한 수영 선수 … 90
프란치스카 … 95
보초 근무 중의 결혼 … 102
어느 귀부인의 잠 못 이루는 밤 … 105
샤를 씨 … 110
훌륭한 어머니 … 117
비밀 참수 … 121
비밀 재판 … 124
마당에서의 점심 … 131
마지막 말 … 133
부부싸움 처방 … 136
모제스 멘델스존 … 138
물장수 … 140
생각이 깊은 거지 … 143
참을성 … 144
여왕 만세 … 146
안전한 길 … 149
사과를 하긴 했는데 … 151
인간은 묘한 존재 … 153
프리드리히 대왕과 그의 이웃 … 157
펜자의 재단사 … 160

말이 말을 부르고 … 169
바덴 보병과 사령관 … 171
아버지와 아들과 당나귀 … 175
오는 말이 고와야 가는 말도 … 177
은수저 … 178
가짜 보석 … 181
경건한 충고 … 185
제크링엔의 견습이발사 … 187
세 도둑 … 190
춘델 형제가 디터를 또 한 번 골탕 먹이다 … 195
하이너와 브라센하임의 방앗간 주인 … 198
춘델프리더가 교도소에서 빠져나와 국경을 무사히 넘다 … 201
담뱃갑 … 203
춘델프리더가 말을 공짜로 얻은 이야기 … 206
쬐에는 쬐로 … 212

옮긴이 말 … 217

뜻밖의 재회

스웨텐의 팔룬에서 오십여 년 전에 한 젊은 광부가 젊고 예쁜 약혼녀에게 키스를 하며 말했습니다. "산타 루치아의 날 목사님이 우리의 사랑을 축복해 주시면 당신과 나는 부부가 되어 우리의 보금자리를 차리게 되는 거요." 아름다운 신부도 다정하게 웃으며 말했습니다. "그 속엔 사랑과 평화가 깃들고요. 당신은 내 유일한 것이자 모든 것이에요. 당신이 없다면 나는 다른 어느 곳보다 무덤을 택할 거예요." 그런데 목사님이 산타 루치아 날 전에 교회에서 그들을 위해 두 번째로 "이제 이 두 사람이 결합해서는 안 되는 이유를 아는 사람이 있으면 말하시오!"라고 했을 때 손들고 나선 것은 죽음이었습니다. 왜냐하면 젊은이가 다음 날 아침 검은 광부의 옷을 입고―광부들은 언제나 검은 수의를 입습니다―약혼녀의 집을 지나가면서 창문을 두드려 아침 인사를 하였지만 저녁 인사는 하지 못하였기 때문입니다. 그는 다시는 광산에서 돌아오지 않았거든요. 그날 신부는 결혼식 날 신랑에게 줄 검은 목수건에 빨간 테두리를 하고 있다가 그가 돌아오지 않자 그것을 밀어놓고 슬퍼하며 결코 그를 잊지 않았습니다.

그 사이 포르투갈의 리스본 시가 지진으로 파괴되고, 오스트리아와 프로이센 간의 칠년전쟁이 지나가고, 황제 프란츠 1세가 죽고, 예수회가 해체되고, 폴란드가 분할되고, 여황제 마리아 테레지아가 죽고, 덴마크의 개혁가 스트루엔제가 처형되고, 미국이 독립하고, 프랑스와 스페인 연합군이 지브롤터 정복에 실패하였습니다. 터키군은 슈타인 장군을 헝가리의 베테란 동굴에 감금하고, 요제프 황제 역시 죽었습니다. 스웨덴의 구스타브 왕은 러시아령 핀란드를 정복하고, 프랑스 대혁명이 일어나고 긴 전쟁이 시작되었습니다. 황제 레오폴드 2세도 죽었습니다. 나폴레옹은 프러시아를 굴복시키고, 영국은 코펜하겐을 폭격하였습니다. 그리고 농부들은 씨를 뿌리고 수확을 거둬들였습니다. 방앗간에서는 곡식을 빻고, 대장간에서는 망치질을 하고, 광부들은 땅속의 일터에서 광맥을 찾아 곡괭이를 휘둘렀습니다*.

1809년 팔룬에서 성 요한의 날을 전후해서 광부들이 두 갱

---

* 이 역사적 사건들은 1755부터 1807년 사이의 일이다.
리스본 지진 1755/ 칠년전쟁 1755-63/ 프란츠 1세의 죽음 1765/ 폴란드 분할 1차 1772, 2차 1793/ 교황 클레멘트 16세에 의한 예수회 해체 1793/ 마리아 테레지아 죽음 1780/ 스투렌제 처형 1772/ 미국독립 1776/ 지브랄타 포위작전 1779-83/ 슈타인 장군 감금 1788/ 요셉 2세 죽음 1790/ 구스타브 핀란드 점령 1788-90/ 나폴레옹의 프러시아 격파 1806/ 코펜하겐 포격 1807.

사이에 연결로를 뚫다가 땅속 족히 삼백 자는 되는 곳에서 파편들과 황산염수 속에서 한 젊은이의 시체를 발굴했는데, 시체는 황산철로 완전히 침투되어 있어선지 전혀 부패하거나 변형됨이 없었습니다. 너무도 온전하여 얼굴 모습과 나이를 알아낼 수 있었을 뿐 아니라 마치 한 시간 전에 죽었거나 아니면 일하다 잠이 든 것 같았어요. 사람들이 그를 밖으로 꺼내었을 때 아버지와 어머니, 친구나 친지들은 이미 오래 전에 죽어서 이 잠자는 젊은이의 얼굴이나 그 불행을 안다는 사람이 아무도 없었습니다. 그때, 어느 날 광산으로 들어갔으나 다시는 나오지 않은 광부의 약혼녀가 나타났습니다. 머리는 백발이 되고 허리는 꾸부러져 지팡이에 몸을 의지하여 광장에 나왔다가 자신의 신랑을 알아본 것이죠. 그녀는 고통스러워하기보다는 기쁨과 희열에 휩싸여 사랑하는 시신 위로 무너졌습니다. 한참 후 격렬한 감정의 소용돌이에서 회복이 되었을 때 비로소 그녀는 말했습니다. "이 사람은 내 약혼자예요. 오십년 동안을 애도했는데 하느님께서 내가 죽기 전에 다시 한 번 만나게 해주시는군요. 결혼식 일주일 전에 광산에 들어갔다가 다시는 나오지 않았습니다." 둘러서 있던 사람들은, 이제 시들고 힘없는 노인이 된 옛날의 신부와 지금도 젊은이의 아름다움을 그대로 지니고 있는 신랑을 보았을 때, 그리고 그 신부의 가슴 속에서 오십년이 지난 후 다시 젊은 시절의 사랑의 불꽃이 깨어나는 것을 보았을 때, 그러나 그가 입을 열어 미소 짓지도, 눈을 떠 알아보지도 못할 때, 슬픔과 눈물에 휩싸이지 않을 수 없었습니다. 마침내 그녀는 자신이 그에게 속하고 그에 대한 권리를 가진 유일한 사람이라며 그를 무덤이 준비될 때까지 자신의 집으로 옮겨 달라고 광부들에게 부탁하였습니다. 다음 날 교회 묘지에 무덤이 준비되고 광부들이 그를 운반하려 왔을 때, 그녀는 조그만 상자를 열어 붉은 테두리가 있는 검은 비단 목수건을 꺼내 그의 목에 둘러주었습니다. 그리고 마치 이 날이 그의 장례식이 아니라 그들의 결혼식 날인 것처럼 제일 좋은 옷을 입고 그를 따라갔습니다. 사람들이 그를 무덤 속으로 내려놓자 그녀가 말했습니다. "잘 자요, 며칠 간 서늘한 혼인의 잠자리에서. 오래 걸리지 않을 거예요. 내가 할 일이 많지 않으니 곧 올게요. 그러면 다시 그날이 올 거예요. 대지가 한 번 내준 것을 두 번째라고 지니고 있지는 않을 테니까요." 말을 마치고 떠나면서 그녀는 또 한 번 뒤를 돌아보았습니다.

현명한 재판관

동방에서 일어나는 일들이라고 해서 모두 이상하기만 한 것은 아니죠. 다음 이야기도 동방의 어느 나라에서 일어난 일이라고 합니다.

한 부자가 적잖은 액수의 돈을 보따리에 싸 가지고 다니다 그만 잘못하여 잃어버렸습니다. 그는 분실 공고를 하고, 이런 경우에 의례 하듯이 그것을 찾아주는 정직한 사람에게 100탈러를 사례하겠다고 약속하였습니다. 오래지 않아 한 착한 사람이 그를 찾아왔습니다.

"제가 돈을 주웠는데 당신 돈인 것 같소이다. 자, 여기 있습니다!"

이렇게 말하면서 그 사람은 정직한 마음과 깨끗한 양심을 가진 사람의 밝은 얼굴로 주은 물건을 내놓았습니다. 아름다운 일이죠! 부자도 역시 기쁜 얼굴을 하였습니다. 그러나 이 사람이 기쁜 것은 잃어버린 줄 알았던 돈을 찾아서였을 뿐이었습니다. 이 사람이 얼마나 정직한지 보시겠습니까? 그는 우선 돈을 세었습니다. 그리고 세는 동안에 재빨리 어떻게 하면 약속했던 돈을 내주지 않아도 될까 궁리하였습니다.

"여보시오, 원래 보따리에 800탈러를 넣어두었는데, 지금 보니 700탈러밖에 없군요. 그러니까 당신이 벌써 보따리를 풀어 보상금 100탈러를 꺼내셨군요. 잘하시었소."

아니, 이런 사람이 다 있나! 쯧쯧. 하지만 이야기는 아직 다 끝나지 않았습니다. 정직은 최선의 방책이고 잔꾀는 언젠가 주인을 만나는 법. 착한 사람은 100탈러를 못 받아서라기보다 자신의 명예에 관련된 일이라 말했습니다. 보따리는 가져온 그대로 주웠고, 주운 그대로 가져왔다고 말입니다. 이렇게 서로 주장하다가 결국에 그들은 재판정에까지 가게 되었습니다. 여기서도 그들은 자신들의 주장을 조금도 굽히지 않았습니다. 한 사람은 800탈러가 있었다고 하고, 다른 사람은 보따리를 주운 대로 가져왔다고 말입니다. 정말 어려운 상황이었습니다. 그러나 한 사람의 정직함과 다른 사람의 잔꾀를 훤하게 꿰뚫어본 현명한 재판관이 일을 이렇게 처리하는 것이었습니다. 그는 우선 그들이 진술한 것을 다시 한 번 반복하게 하여 상황을 확실하게 확인하였습니다. 그러고 나서 다음과 같이 말하였습니다.

"그러니까 한 사람은 800탈러를 잃어버렸는데, 다른 사람은 700탈러만 들어있는 보따리를 발견했다는 말이지요? 그렇다면 뒷사람이 발견한 돈은 앞사람이 잃어버린 돈이 아닌 것이 분명합니다. 자, 정직한 양반, 그러니 당신은 주운 돈을 다시 가져가시오. 그리고 700탈러를 잃어버린 사람이 나타날 때까지 잘 보관하도록 하시오. 그리고 당신, 당신은 800탈러를 발견하는 사람이 신고할 때까지 기다리도록 하시오."

이것이 판결이었고, 또 판결은 그대로 실행되었습니다.

교활한 기병

지난 전쟁 때 있었던 일입니다. 한 경기병(輕騎兵)이 길에서 아는 농부와 마주치게 되었습니다. 그는 그 농부가 건초를 판 돈 백 굴덴을 가지고 집으로 돌아가는 중임을 알고 있었습니다. 그래서 그에게서 대포 값이나 하려고 약간의 돈을 개평하려 했습니다. 그때 농부가 그냥 몇 푼 집어주었으면 아마 그것으로 끝났을 텐데, 농부는 지금은 하늘과 땅에 맹세코 아무것도 가진 게 없다고 우기는 것이었습니다. 방금 지나온 마을에서 마지막 한 푼까지 다 써버렸다고 하면서요. 그러자 기병이 말했습니다.

"우리 부대가 여기서 멀지만 않았어도 방법이 있을 텐데. 이거 자네도 가진 게 없고 나도 땡전 한 푼 없으니 이제는 할 수 없이 알퐁소 성자님을 찾아가서 도움을 청하는 수밖에 없겠네. 성자님이 무엇이든 주시면 우리 둘이 형제처럼 똑같이 나누기로 하자고."

성자님이란 다름 아닌 외딴 길가에 한적하게 서 있는 낡고 조그만 예배당 안의 석상을 말하는 것이었습니다.

처음에 농부는 이 순례에 참여할 마음이 전혀 없었지만 기병이 막무가내로 끄는 바람에 같이 가지 않을 수 없었습니다. 가는 도중에 기병은 알퐁소 성자님은 자신이 곤경에 처했을 때 지금까지 한 번도 못 본 척한 적이 없다고 거듭거듭 강조하였으므로 농부도 점차 어떤 기대 같은 것을 가지기 시작하였습니다. 혹시 외딴 예배당에 이 사람의 친구나 동료가 숨어있는 건 아니냐고 의심해 보기도 하면서요. 아니었습니다. 진짜로 알퐁소 성자 석상이 서 있었습니다. 그들은 석상 앞에 무릎을 꿇었습니다. 기병은 경건하게 기도를 하는 것이었습니다. 그러고 나서 농부의 귀에다 말했습니다.

"방금 성자님이 신호를 주셨어."

그는 일어나 석상에게 다가가 석상의 입에다 귀를 잠깐 대더니 기뻐하며 농부에게로 돌아왔습니다.

"성자님이 일 굴덴을 주신대. 틀림없이 내 주머니에 벌써 들어있을 거야."

정말로 그는 주머니에서 일 굴덴을 꺼냈고, 농부는 놀랐습니다. 물론 그것은 미리 거기 들어있었던 것이었지요. 그는 약속한 대로 형제처럼 반을 농부에게 나누어주었습니다. 농부는 이제야 기병의 말뜻을 알게 되었습니다. 기병이 다시 한 번 성자님께 기도할 때는 기쁘기까지 하였습니다.

두 번째도 첫 번째나 마찬가지로 진행되었습니다. 다만 이번에는 기병이 훨씬 더 기뻐하며 석상에서 돌아오는 것이었습니다.

"고마우신 성자님께서 이번에는 한꺼번에 백 굴덴을 주신데. 틀림없이 자네 주머니에 들어있을 거야."

아, 불쌍한 농부! 그는 얼굴이 새파래지면서 자기는 정말 한 푼도 가진 게 없다고 말하고 또 말했습니다. 그러나 기병은 알퐁소 성자님을 믿어보라고 합니다. 성자님을 여태껏 한 번도 거짓말을 한 적이 없다고, 그러니 믿건 안 믿건 주머니를 한 번 뒤져보라고요. 정말로 백 굴덴이 나왔습니다. 농부는 앞서 이 꾀돌이 녀석의 반 굴덴을 받았으니 이제 자기의 백 굴덴도 나누지 않을 수 없게 된 것입니다. 빌고 간청한들 소용이 있었겠습니까.

그 기병 녀석, 참 교활한 친구이지만 한편으로 고소하기도 합니다. 그러나 옳지는 않은 일이지요. 더군다나 예배당 안에서 그랬으니 말이죠.

라이덴 시의 불행

네덜란드에 아주 오랜 옛날부터 라이덴이라고 불려오는 도시가 있는데, 1807년 1월 12일까지만 해도 왜 하필 그런 이름을 갖게 되었는지 아무도 그 이유를 모르고 있었습니다. 라이덴에는 수난(受難)이란 뜻이 있거든요. 이 도시는 네덜란드 왕국의 라인 강변에 자리 잡고 있는데, 이날 이전에는 1만천 가구에 4만여 명의 사람들이 사는, 네덜란드에서는 암스테르담 다음으로 큰 도시였습니다.

이날 아침에도 사람들은 다른 날과 다름없이 자리에서 일어나 기도할 사람은 기도하고 내키지 않는 사람은 안하고 그랬지만, 아무도 그날 저녁 자신들이 사는 도시가 어떻게 변하게 될지 전혀 예상치 못하고 있었습니다. 화약이 가득 든 통을 70개나 실은 배가 항구에 정박해 있긴 했어도 말입니다. 사람들은 그날 점심도 다른 날이나 다름없이 맛있게 먹었습니다. 물론 그 배는 여전히 항구에 정박한 채 있었지요. 그러나 그날 오후 큰 탑의 시계바늘이 네 시 반을 가리켰을 때—부지런한 사람들은 일을 하고, 젊은 어머니들은 아기를 재우느라 요람을 흔들고, 상인들은 장사를 하고, 아이들은 야간학교로 모이고, 한가한 사람들은 지루함을 못 이겨 주막에서 카드를 하거나 술을 마시고, 걱정 많은 이들은 내일은 무엇을 먹고 무엇을 마시고 무엇을 입을까 궁리하고 있었습니다. 물론 남의 집 자물쇠를 여느라 진땀깨나 흘리는 도둑놈들도 있었겠지요—갑자기 꽝하는 엄청난 폭음소리가 들렸습니다. 70개의 화약통을 실은 배에 불이 나면서 폭발이 일어난 것이었습니다. 순식간에, 정말 순식간에 집들이 줄줄이 늘어선 거리가, 그 안에 사는 모든 것들과 더불어 산산조각이 나고 말았습니다. 수백 명의 사람이 죽은 채로 또는 산 채로 폐허더미에 묻히거나 심하게 다쳤습니다. 세 개의 학교가 그 속에 있던 어린애들과 함께 무너졌고, 길거리에 있던 사람들과 짐승들은 폭발하는 힘에 허공으로 내동댕이쳐졌다가 다시 땅으로 내려와서는 비참한 상태가 되어 쓰러져 있었습니다. 엎친 데 덮친 격으로 불까지 나서 곧 사방팔방으로 번져나가니 진화는 불가능해 보였습니다. 석유와 생선 기름으로 가득 차 있던 수많은 창고들에 불이 번졌기 때문이었습니다. 결과는 8백 채의 화려한 집들이 붕괴되거나 또는 철거되어야만 했습니다. 그때 사람들은 나약한 사람들만이 아니라 수많은 인간들이 함께 사는 커다란 도시가 그렇게 쉽사리 아침과 저녁 사이에 그렇게 달라질 수가 있음을 보게 되었습니다. 즉시 임금님은 목숨을 구한 사람들에게 적지 않은 위문품을 주어 위로하고, 폐허 속에서 발굴된 사람들의 시체들은 시청으로 옮겨 가족들로 하여금 성대히 장례식을 치르게 하였습니다. 사방에서 많은 도움이 오기도 하였습니다. 당시 영국과 화란은 전쟁 중이었습니다만 런던에서도 많은 배들이 돈과 구호품을 싣고 왔습니다. 아름다운 일이었죠. 전쟁이 인간의 마음속까지 들어서서야 되겠습니까? 문밖과 항구 밖에서만 전쟁이 우르릉거리고 있어도 상황은 충분히 어려우니까요.

이상한 음식값

악동들의 대담한 꾀가 가끔은 성공을 거두기도 하지만, 가끔은 오히려 혼쭐이 나거나, 또 가끔은 껍데기까지 벗어놓아야 하는 경우도 있습니다. 이번 경우가 그렇습니다.

얼굴이 두꺼운 대학생 셋이 여행 중이었습니다. 그들은 우선 있는 대로 먹고 있는 대로 마시다보니 이젠 누구의 주머니에도 땡전 한 푼 남은 게 없게 되었습니다. 그렇지만 다시 주막이 나타나자 그들은 주저하지 않고 들어갔습니다. 하늘이 무너져도 솟아날 방법이 있겠지 하고 생각했겠지요. 아직 어떻게 빠져나가게 될지는 물론 몰랐지만요. 게다가 혼자 주막 일을 보는 여자가 젊고, 또 예쁘기도 해서 오히려 신이 났더랍니다. 그들은 기분 좋게 먹고 마시며 어려운 말로 대화를 하며 유식함을 뽐내는데, 그중에는 이런 말도 있었습니다. 이 세상은 벌써 수천 년 동안 존속되어 왔고 또 앞으로도 마찬가지로 그렇게 오래 계속될 것이다. 그리고 매년 그해의 매일 매시에 일어나는 모든 일은 바로 6천 년 전의 그날 그 시에 일어났던 일과 꼭 같은 것들이다, 라고요. 이런 말을 하고 난 다음에 그들 중 한 명이 마침내 창가에 앉아 수를 놓으며 그들의 대화를 주의 깊게 듣고 있던 여주인에게 "정말 그렇습니다, 그걸 우리는 귀한 책에서 읽었거든요." 하는 것이었습니다. 그리고 한 사람은 대담하게 그들이 6천 년 전 바로 이곳에 있었던 일이 희미하게나마 생각난다고, 그리고 친절하고 예쁜 여주인의 얼굴도 기억난다고까지 하는 것이었습니다.

이후에도 대화는 한참이나 더 계속되었습니다. 그리고 여주인이 모든 것을 믿는 것처럼 보이면 보일수록 그들은 술과 안주가 더 맛나 술값이 5굴덴 16크로이처가 될 때까지 먹고 마셔댔습니다. 이렇게 진탕 먹고 난 다음에 마침내 그들은 꾀를 내었습니다. 한 사람이 말합니다.

"아주머니, 이번에는 우리 주머니 사정이 좋지 않군요. 오는 길에 웬 주막이 그렇게 많은지! 그러나 다행히도 아주머니같이 이해심이 많은 사람을 만나서 다행입니다. 옛 친구로서 외상을 해주실 테니까요. 6천 년 후 다시 왔을 때 이번 외상값을 그때 음식 값과 함께 내도록 하지요."

이해심 많은 여주인은 나쁘게 생각하지 않고 기꺼이 동의하는 것이었습니다. 그리고 무엇보다 손님들이 만족해하시니 무척 기쁘다고 감사까지 하는 것이었습니다. 그러나 동시에 그녀는 문을 막아서며 말했습니다. 손님들이 6천 년 전에 외상으로 달아

두었던 5굴덴 16크로이처는 갚아주어야 한다고요. 왜냐하면 지금 일어나는 모든 일이 6천 년 전의 옛날에도 똑같이 일어났었을 테니까 말입니다. 더군다나 마침 그때 동네 어른이 몇 사람의 건장한 남자들과 함께 한잔하러 들어왔습니다. 이것은 설상가상인 셈으로 새장 속의 새같이 되어버린 이들에겐 더욱 괴로운 일이 되었지요. 결말은 다음과 같이 났습니다. 6천 년 동안이나 외상을 주었다는 것은 대단한 일로 손님들은 옛 빚을 바로 이 순간 갚거나 그렇지 못하면 아직 새 것이나 다름없는 코트를 저당 잡히거나 해야 한다고 말입니다. 그들은 코트를 벗어놓지 않을 수 없었고, 여주인은 6천 년 후에 그들이 다시 오고, 그들의 형편이 지금보다 더 좋아져 있으면 모든 것을 다시 내놓겠다고 약속을 하였습니다.

    1805년 4월 17일 제크링엔이란 마을의 한 주막에서 있었던 일입니다.

세 가지 소원

한 젊은 부부가 별로 부러운 것 없이 행복하게 살고 있었습니다. 다만 약점이라면 약점이랄 수 있는 것이 한 가지 있었는데, 그것은 모든 인간의 가슴속 깊이 들어앉아 있는 것으로, 좋으면 더 좋아지고 싶고, 가지면 더 가지고 싶어 하는 욕심, 그것이었습니다. 인간들은 바로 이것으로 인해 온갖 어리석은 소원들을 갖게 되는데, 이 점에 있어서 우리의 젊은 부부인 한스와 리제도 마찬가지였다는 말씀이죠. 이들은 어떤 때는 이장님네 밭을, 어떤 때는 주막집 주인의 돈을, 어떤 때는 이웃 마이어 씨네 농장과 가축을, 또 어떤 때는 그냥 간단히 수백만 탈러의 돈이 있었으면 하는 것이었습니다.

어느 날 저녁이었습니다. 둘이서 평화롭게 난롯가에 오순도순 앉아 호두를 까먹고 있을 때였는데, 방문을 통해 하얀 옷을 입은 조그만 아가씨가 들어오는 것이었습니다. 아가씨는 키가 한 자가 될까 말까 하였으나 얼굴과 몸은 너무도 아름다웠습니다. 그리고 방안은 장미 향기로 가득하였고요. 또 불은 꺼지고 해 뜰 때의 햇살 같은 빛이 여인의 몸에서 쏟아져 나와 사방의 벽을 비추었습니다. 아름다운 것이라고 해서 놀랍지 않으란 법은 없으니 이것을 본 젊은 부부도 놀라지 않을 수 없었습니다. 그러나 곧 정신을 차리고 쳐다보자 이 아름다운 아가씨가 달콤하고 비단처럼 부드러운 목소리로 말하는 것이었습니다.

"나는 당신들의 친구인, 산속의 크리스털 성에 살고 있는 요정 안나 프리체입니다. 보이지 않은 손으로 라인 강 바닥의 모래에 금을 뿌리고, 칠백 명의 요정들을 거느리고 있답니다. 세 가지 소원을 말씀해 보세요. 그 소원들을 들어드릴게요."

한스는 마치 '그거 신나는 일인데'라고 말하려는 것처럼 팔꿈치로 색시의 팔을 눌렀습니다. 그런데 색시는 벌써 '금실로 수놓은 모자나 실크 목도리 따위를 가지고 싶다'고 막 입을 열려고 하는데 요정이 집게손가락을 펴 말을 막았습니다.

"일주일의 시간을 드릴 테니 서두르지 말고 잘 생각해 보도록 하세요."

신랑은 그것 참 잘 되었다고 생각하며 색시의 입을 손으로 막았습니다. 요정은 곧 사라져버렸습니다. 방안의 등잔불은 전과 같이 타고, 장미 향기 대신 등잔의 기름 냄새가 구름처럼 다시 방안을 채웠습니다.

이제 우리의 착한 부부는 밤하늘을 쳐다보아도 별이 보이지 않을 정도로 희망과 기대에 차 행복했습니다. 그렇지만 또한 괴롭기도 하였습니다. 왜냐하면 원하는 것이 너무 많아서 무엇을 골라야 할지 몰랐고, 충분히 생각해 보기도 전에 소망을 말해 버리게 될까봐 걱정이 돼서 제대로 생각도 못하고 입을 열 용기도 나지 않았기 때문이었지요. "그래도, 우린 금요일까지 시간이 있잖아요." 색시가 말했습니다.

다음 날 저녁, 저녁 식사인 감자가 냄비에서 바지직바지직 구어지고 있을 때 신랑과 색시는 다정히 불 가에 앉아서 조그마한 불꽃들이 그을린 냄비 밑에서 이리저리 날름거리며 스러졌다 일어났다 하는 것을 쳐다보고 있었습니다. 한마디 말도 없이 다가올 행복에 대한 생각에 깊이 빠져서요. 그런데 색시가 잘 구워진 감자를 접시에 차리는데 구수한 감자 냄새가 코를 자극하자—

"이제 여기다 구운 소시지만 있었으면."

하고 아무 생각 없이, 정말 자기도 모르는 사이에 말해 버렸습니다. 아이고, 이를 어째! 첫 번째 소원이 말해졌습니다. 재깍, 마치 번개가 치듯 다시 아침 햇살과 장미 향기가 굴뚝을 통해 내려오고 감자 위에는 멋진 소시지가 구어진 채 놓여 있는 것이었습니다. 소원대로 이루어진 것입니다! 허나 누가 그런 소원과 그리고 그런 성취에 화가 나지 않겠습니까? 어떤 남편이 여편네의 그런 정신 나간 짓에 속상하지 않겠습니까?

"이 놈의 소시지, 당신 코에나 붙어버려라!"

너무 놀란 상황에서, 그리고 또 아무 생각 없이 자기도 모르게 남자가 이렇게 말했던 것입니다. 역시 소원대로 이루어졌습지요. 그러니까 마지막 말이 채 끝나기도 전에 고운 색시의 코 밑에 소시지가 마치 태어날 때부터 그랬던 것처럼, 기병들의 콧수염처럼 매달려 있는 것이었습니다.

　이제 이 불쌍한 부부의 곤경은 정말 커져버렸습니다. 두 개의 소원이 이루어지고, 아니 지나가 버렸으니까요. 그런데 얻은 것은 돈 한 푼, 쌀 한 톨이 아니라 소시지 혹이라니. 아직 소원이 하나 남아 있긴 하지만 한 가정의 주부가 그런 코 장식을 달고 있는데 재산이 무슨 필요가 있고, 행복이 무슨 소용이 있겠습니까? 그들은 좋든 싫든 요정에게 그 보이지 않은 손으로 이발사가 머리를 깎아내듯이 아내 리제의 빌어먹을 소시지를 없애주기를 요청하지 않을 수 없었습니다. 역시 소원대로 이루어졌습니다.

　이렇게 세 번째 소원도 지나가 버리고, 이 불쌍한 부부는 서로 얼굴은 쳐다보니 전과 다름없는 한스와 리제였습니다. 예쁜 요정은 다시는 나타나지 않았습니다.

수의사 야콥 훔벨

스위스 아르가우 주 보네쉬빌이라는 마을의 가난한 농부의 아들 야콥 훔벨은 쓸모 있는 일을 배워, 쓸모 있는 사람이 되려는 젊은이들에게 좋은 본보기가 되는 사람입니다. 온갖 어려움에도 불구하고 스스로의 노력과 하느님의 도움만으로 마침내 자신의 목적을 달성하였기 때문이죠.

야콥 훔벨은 어렸을 때부터 제일 하고 싶은 일이 수의사가 되어 사람들을 돕는 것이었습니다. 그는 그것을 위해 밤낮으로 갖은 노력을 다하였습니다. 열여섯 살이 되는 해에 그의 아버지가 인근 도시에 있는 수의사에게서 일을 배우도록 해 주었습니다. 그런데 그 수의사는 대단한 사람이 아니었습니다. 야콥은 2년 동안 이 선생이 아는 모든 것을 배우고 수료증까지 받았습니다. 하지만 실제로는 시답잖은 물약이나 연고를 끓이고 고약을 반죽하는 것이 전부였습니다.

사람에 따라서는 그 정도에 만족해서 수료증과 선생의 처방을 믿고 연고를 만들고 처방하여 돈을 벌 수 있다면 그것으로 족하다고 생각하기도 합니다. 그러나 우리의 야콥 훔벨은 그렇지 않았습니다. 그는 다른 도시의 수의사에게 가서 일 년을 더 배우고 다시 한 번 수료증을 받았습니다. 하지만 이번에도 배운 것은 별로 없었습니다. 왜냐하면 이 선생도 별 기술이 없었을 뿐더러 짐승들의 건강한 상태와 병든 상태의 차이나, 치료약의 성질에 대해서도 제대로 아는 것이 없었기 때문입니다.

물론 이 정도만 해도 어디냐 하며 배우기를 중단하고 얼른 떠났던 집으로 돌아가 별 볼 일 없는 일들에 만족하며 지내는 사람도 있습니다. 우리의 불쌍한 야콥도 그런 것처럼 보였습니다. 신통치 않은 연고 따위로는 버는 돈이 얼마 되지 않았고, 신용이나 명예를 얻는 것은 말할 나위도 없었습니다. 그리고 그렇게 버는 것조차 아버지가 가져갔습니다. 그래서 야콥은 불쌍한 품팔이꾼이 되어 초라한 차림으로 돌아다녔습니다. 돈도 희망도 없이. 그렇지만 여전히 수의사의 꿈을 버리지 않았습니다. 막연한 생각이 아니라 이제는 절실한 욕구가 되었습니다. 그때 그는 츨핑엔이라는 곳의 수도원에서 사환으로 일하게 됐는데, 다행히도 거기서는 3년을 적지 않은 보수에 자식처럼 좋은 대우를 받았습니다.

이런 상황에서 주인의 좋은 마음씨를 이용해 멋대로 행동하다가 결국에는 애써 번 돈을 술집 주인이나 노름꾼 차지가 되게 하는 사람도 있습니다. 그러나 야콥 훔벨은 번 돈으로 더 나은 일을 시작할 줄 알았습니다. 식사 시중을 들다가 식사하는 분들이 가끔 불어로 대화하는 것을 들을 때면 이 말도 배워야겠다고 생각도 합니다. 아마도 그렇게 함으로써 훌륭한 수의사가 되는 목적을 보다 쉽게 달성할 수 있다고 믿었기 때문이었겠지요. 그는 모아 놓은 돈을 가지고 프랑스의 니옹이라는 곳으로 건너가 배울 수 있는 것을 열심히 배웠습니다. 그러나 9개월이 지나자 돈이 떨어지고, 그래서 공부를 계속하기 위해서는 다시 돈을 벌어야 했습니다.

그는 하느님이 자신을 버리지 않으실 거라고 믿었습니다. 다시 이곳저곳에서 일을 하여 다시 약간의 돈을 모으자 프랑스 군대가 스위스로 몰려 왔을 때인 1798년에는 고향 보네쉬빌로 돌아와서 자신이 번 돈으로 조그만 곡물상을 운영하였습니다. 다행히도 장사가 잘 되어 적지 않은 돈을 모을 수 있었습니다. 이제 그는 다시 외국으로 가서 정직하게 번 돈으로 공부를 제대로 할 생각을 하였습니다. 그러나 마침 이때 스위스에 만 팔천 명 규모의 지원군을 창설하게 되었는데 야콥의 고향에서도 여덟 명을 차출해 보내야 했습니다. 당연히 젊은 사람이 나가야 했고, 군인이 되는 것이 운명이었던지 착한 야콥 훔벨도 여기에 끼게 되었습니다.

세상은 넓고 길은 사방으로 열려 있으니 조그만 재산도 있겠다, 될 대로 되라고 도망쳐서 다른 사람들로 하여금 자신의 책임까지도 떠맡게 하는 사람들도 있기는 합니다. 그러나 야콥 훔벨은 조국을 사랑하고 천성이 착한 사람이었습니다. 그는 여덟 가운데 한 사람이 되어 자신의 돈을 써가면서 2년을 보냈습니다. 뭔가를 더 배우는 데 쓰려고 했던 재산 중의 대부분은 안타깝게도 이렇게 쓰이고 말았습니다. 이때 그는 생각했습니다. '기회는 지금이다. 지금 포기하면 끝장이야.' 이런 생각으로 그는 나머지 재산은 주머니에 넣고, 손에 지팡이를 잡고 이것저것 생각할 것 없이 칼스루에로 향하였습니다. 그리고 이 도시에 도착하여 포플러가 길 양옆으로 길게 늘어선 중심가 뮐베르거 가를 보았을 때 하느님이 틀림없이 도와주실 거라는 생각이 들었습니다. '야콥아, 하느님은 너와 같이 스스로 돕는 자를 도우신단다. 이미 경험하였잖니.'

칼스루에에는 공립 수의사 학교가 있었습니다. 수업료는 무료였고, 훌륭한 선생님들은 제자들을 가르치기 위해 노력을 아끼지 않았습니다. 이미 적지 않은 수의사들이 이 학교에서 직업을 준비하고 훈련을 받았습니다.

야콥 훔벨이 원하던 곳이 바로 여기였습니다. 그렇게 오랫동안 계속됐던 지식에의 갈증을 풀 수 있는 넉넉한 샘을 이곳에서 찾은 것입니다. 이제 그는 옛날과는 다른 눈으로 병든 짐승을 보는 법과, 짐승들을 괴롭히는 갖가지 질병과 그 치료법을 배울 수 있었습니다. 그곳의 유명한 베를린 호프나 슈트라스부르크 주점, 또는 구도심의 빌헬름 텔에도 그는 거의 나타나지 않았습니다.

빌헬름 텔은 동향인 스위스 사람인데도 불구하고요. 또 일요일에 광장에서 벌어지는 거리 행진이나 축제에도 얼굴을 보이지 않았습니다. 그렇게 20개월 동안 아침부터 밤늦게까지 지칠 줄도 모르고, 싫증냄이 없이 오직 공부에만 열중하였습니다. 새롭고 유용한 것들을 배우는 것이라면 취침 시간을 알리는 아름다운 터키 음악보다도 그를 더 즐겁게 하였기 때문입니다.

마침내 그는 거쳐야 할 모든 과정을 수료한 수의사로서, 스승들이 증명해 준 증명서들을 가지고 고향 스위스로 돌아가 당국의 확인을 거친 다음에, 박학다식한 지식을 보여주고 능숙한 기술을 발휘하여 모든 사람들을 놀라게 하였습니다. 그에 따라 합당한 칭송과 명예도 얻게 되었습니다. 이제 온갖 고난과 고생을 이겨내고 일생동안 바라던 소망의 아름다운 목적지에 도착한 것이지요. 그렇게 그는 스위스 전국에서 가장 유능하고 유명한 수의사 중 한 사람이 되었습니다.

'좋은 것을 배우는 데에 그와 같은 용기와 성실성이 필요하다면, 나 같은 놈이 싹수가 노란 것은 조금도 이상한 일이 아니다.' 혹 이렇게 생각하고 미리 포기하는 사람이 있을 지도 모르겠군요. 아닙니다. 당신이라고 안 될 리 있나요? 하느님께 도움을 청하고 한번 시도해 보세요!

쓸모없는 기술

아헨 시에는 오직 바늘만을 만드는 공장이 하나 있습니다. 그래도 그게 벌이가 괜찮은 기술입니다. 왜냐하면 여기서 매주 2백 파운드의 바늘이 만들어지는데, 파운드 당 바늘이 5천 개나 됩니다. 그러니까 주당 백만 개의 바늘이 만들어지는 셈이죠. 양복점의 재단사나 재봉사, 그리고 가정의 모든 주부님들은 누구나 바늘 한 개 값이 얼마인지를 알고 있을 테니 이 바늘 공장이 해마다 생산과 장사로 얼마의 돈을 벌어들이고, 얼마의 이익을 얻는지 계산하는 것도 어려운 일이 아니지요. 그런데 바늘은 기계로 만드는데, 거기서 일하는 대부분의 노동자들은 여덟에서 열 살 사이의 아이들입니다.

언젠가 한 나그네가 이 공장을 둘러보면서 정말 놀랐습니다. 그렇게 가는 바늘에, 그보다 더 가는 도구로, 보이지도 않을 정도의 가는 실을 꿰는 바늘귀를 만드는 그 섬세함이라니요! 그런데 그 나그네는 한 소녀가 막 자신의 머리에서 긴 머리칼 하나를 뽑아, 가장 가는 바늘로 거기에 구멍을 뚫고, 머리칼의 한 끝을 잡고 감아서는 그 구멍을 통해 뽑아내어 예쁜 리본을 만드는 것을 보았습니다. 그것도 쓸모없는 기술이 아니었습니다. 왜냐고요? 이 아이가 그 정교하게 휘감긴 머리카락 리본을 기념으로 나그네에게 주고 대신 괜찮은 선물을 받았으니까요. 그리고 그러한 일은 일 년이면 몇 번은 더 있겠지요. 그런 작은 부수입이야 부지런한 어린이에게 굳이 금지할 필요도 없을 터이고요.

이렇게 정직한 부모들과 자식들은 어디선가 쓸모 있는 일들을 하고 정직하게 돈을 벌어 양심에 거리낌 없이 살고 있습니다. 그런데 언젠가 한 게으름뱅이가 꽤 먼 거리에서 아주 쪼그만 콩을 바늘귀를 통해 던지는 기술을 익혀 그걸 자랑하며 세상을 돌아다녔습니다. 그건 정말 쓸모없는 기술이었습니다. 그렇다고 완전히 헛일도 아니었나 봅니다. 왜냐하면, 이 콩 사수가 다름 아닌 로마에 가게 되었는데, 평소 진기한 기술들을 즐겨 보는 교황님 앞에 나가 자신의 기술을 보여드리고 적잖은 상금을 기대하였으니까요. 마침내 교황님의 재무관이 조그만 주머니를 손에 들고 나타나는 것을 보자마자 그는 매우 공손한 눈길을 보내고, 주머니를 통째로 건네줄 때는 허리를 무릎까지 숙이며 인사했습니다.

그런데 그 속에 무엇이 들어 있었을까요? 현명한 교황님이 그의 부지런함을 보상하고 격려하기 위해 하사하신 것은 콩 반 컵이었습니다. 계속 연마하여 기술을 더욱 발전시키란 뜻으로요.

카니트퍼스탄

사람은 마음만 먹으면 언제나 암스테르담과 같은 대도시에서뿐만 아니라 엠멘딩엔이나 군델핑엔 같은 작은 마을에서도 세상일의 무상함에 생각이 닿고, 그래서 자신의 운명에 만족할 수 있게 되는 기회가 있는 법입니다. 하는 일마다 대박이 터지는 그런 운이 아니어도 말이죠. 그러나 마이스터에게서 일정한 수업기간을 마친 다음, 실습도 하고 세상일도 경험하러 편력 중이던 한 독일인 도제(徒弟)가 네덜란드의 암스테르담에서 참으로 희한한 에움길을 통해 그런 진리에 도달한 일이 있었습니다.

이 젊은이가 웅장한 저택들과, 파도에 흔들리는 배들과, 분주히 오고가는 사람들로 북적거리는 이 화려하고 큰 도시에 도착하자 바로 그의 눈에 뜨인 것은 고향에서 여기 암스테르담까지 오는 동안 한 번도 본 적이 없는 크고 멋있는 저택이었습니다. 당당한 벽과 높은 창문, 고향의 집보다도 더 큰 대문, 그리고 지붕에 굴뚝이 여섯 개나 솟아 있는 화려하고 웅장한 그 건물을 오랫동안 쳐다보며 그는 감탄을 금치 못하였습니다. 도대체 이런 집에 사는 사람은 어떤 사람일까 하고 생각하다가 끝내 궁금증을 참지 못하고 마침 지나가는 사람을 붙잡고 물었습니다.

"저, 여보세요! 창마다 저렇게 튤립과 제라늄으로 멋지게 꾸민 멋진 집의 주인이 도대체 누구인가요?"

아마도 질문을 받은 사람은 몹시 바쁜 일이 있었거나 불행하게도 이 젊은이가 네덜란드 말을 아는 만큼 독일어를 아는, 다시 말해서 독일어를 전혀 모르는 사람이었던 것 같습니다. 그는 무뚝뚝하게 "카니트퍼스탄!" 하는 것이었습니다. 그리고는 휙! 바람 소리를 내며 지나가버렸습니다. 이것은 한마디 네덜란드 말, 아니 정확히 말하면 세 마디 말로 대략 '뭐라고 하는지 모르겠수!'라는 뜻이었습니다. 그렇지만 젊은 나그네는 그 말을 자신이 방금 물어본 집주인 이름이라고 받아들였습니다. 그러고는 '이 카니트퍼스탄이라는 사람은 엄청 부자로구먼,' 이렇게 생각하며 계속해서 걸어갔습니다.

그는 이 골목 저 골목 돌아다니다 이윽고 항구에 도착하게 되었습니다. 거기에는 배와 배들이, 돛대와 돛대들이 줄을 맞춰 한없이 늘어서 있었습니다. 그는 처음에는 겨우 눈 두 개로 어떻게 그것을, 그 놀라운 광경을 모두 볼 수 있을까 놀라워 하다가 마침내 막 인도에서 들어와 하역을 하고 있던 엄청나게 큰 배에 시선이 멈췄습니다. 벌써 상자들과 짐 뭉치들이 왼쪽오른쪽, 위아래,

앞뒤로 바닥에 산더미처럼 쌓여 있었습니다. 그뿐만 아니라 아직도 짐들이, 설탕과 커피와 쌀과 후추 등이 가득 든 통들이—바닥에 붙은 쥐똥도 함께—계속 나오고 있었습니다. 놀라서 오랫동안 입을 벌리고 쳐다보던 그 젊은이, 마침내 큼직한 상자를 어깨에 메고 나오는 사람에게 물었습니다. 이 모든 것을 바다로 가져오는 이 돈 많고 복 많은 사람 이름이 무엇이냐고요. "카니트퍼스탄!" 이게 대답이었습니다. 그때 그는 생각했습니다. '어허, 그러면 그렇지! 바다가 저런 재산을 날라다 주는 사람이니 그런 집을 짓고 황금색 화분에 튤립을 심어 창가에 늘어놓을 만도 하지.'

이제 그는 발걸음을 되돌려 왔던 길을 돌아가면서 처량하게 자기 자신을 돌아보았습니다. 세상에는 저런 부자들이 있는데 자신은 얼마나 불쌍한 놈인가 하고. 그런데 '이 카니트퍼스탄 씨가 가진 것을 한 번만이라도 가져보았으면' 하고 생각하면서 그가 막 길모퉁이를 돌고 있을 때, 길고 화려한 장례행렬과 부딪쳤습니다. 검은 천으로 몸통을 가린 네 마리 말이 검은 장례마차를 천천히 그리고 슬프게, 마치 그놈들도 죽은 이를 마지막 안식처로 데려가는 것을 아는 것처럼, 끌고 있었습니다. 고인의 친구들과 친지들은 검은 외투를 입고 짝을 이루어 묵묵히 뒤따르고 있었습니다. 멀리서 쓸쓸한 종소리도 울려오고요. 그때 죽은 사람을 보면 누구나 느끼게 되는 그런 비애가 우리의 나그네를 사로잡았습니다. 그도 모자를 벗어 손에 들고 행렬이 완전히 다 지나갈 때까지 공손히 서 있었습니다. 그는 줄의 맨 마지막에서 따라가던 사람에게—그는 속으로 목화가 백 파운드 당 십 굴덴씩 오르게 되면 얼마의 이익을 보게 될지 골똘히 계산하고 있었습니다—다가가 외투를 가볍게 잡아끌며 실례한다고 하고나서 "가까운 친구 분이셨나 보군요. 이렇게 슬픔에 잠겨 걸으시는 걸 보니." 하며 말을 걸었습니다. 그때 이 사람이 하는 말이 "카니트퍼스탄!"이었습니다. 그때 이 착한 젊은이의 눈에서 닭똥 같은 눈물이 몇 방울 떨어졌습니다. 갑자기 가슴이 먹먹해져서요. 그렇지만 곧 다시 가벼워졌습니다.

"불쌍한 카니트퍼스탄, 이제 당신은 그 많은 재산 중에서 무엇을 가지고 가십니까? 언젠가 가난한 내가 갖고 가게 될 그것들 아닙니까? 차디찬 몸에 걸친 수의, 그리고 가슴 위에 놓인 로즈마리 한 가지나 백합 한 송이요." 하고 그는 속으로 외쳤습니다.

이런 생각을 하다 그는 묘지까지 장례행렬을 따라 갔습니다. 마치 자신도 장례식에 참석한 사람인 것처럼. 그리고 카니트퍼스탄 씨라고 생각하는 사람이 영원한 안식처에 눕혀지는 것도 바라보았죠. 그리고 한마디도 알아듣지 못하는 목사님의 네덜란드어 추도사를 건성으로 듣던 독일어 추도사보다 더 감동해서 들었습니다. 그리고 마침내 그는 가벼운 마음으로 다른 사람들과 그곳을 떠나 독일어가 통하는 여인숙에서 냄새 독한 림부르크 치즈 한 토막을 식성 좋게 먹어치웠습니다. 그리고 세상에 그렇게 부자인 사람들이 그렇게 많은데 자신은 요렇게 가난하구나 하는 생각으로 마음이 무거워질 때면 늘 암스테르담의 카니트퍼스탄 씨와 그의 멋진 집과 그의 큰 배와 그의 비좁은 무덤을 생각하곤 하였습니다.

별난 유령이야기

지난 가을 낯선 신사가 소박하면서도 아름다운 고장인 쉴렁엔을 마차를 타고 지나갔습니다. 그런데 가파른 오르막길을 올라갈 때 말들을 생각해 마차에서 내려 걸어가게 되었는데, 그때 그는 길동무에게 자신이 직접 겪은 일이라고 하면서 다음 이야기를 들려주었습니다.

그가 반년 전쯤 덴마크로 가는 여행 중에 어느 날 저녁 늦게 어느 마을에 도착하였는데 그곳 여관 주인이 내줄 방이 없다는 것이었습니다. 마침 내일 한 사람이 처형되는데 그 일을 처리할 망나니 세 사람이 이미 묵고 있기 때문이라고 하면서요. 그는 마을에서 그리 멀지 않은 언덕에 아담한 작은 성이 하나 서 있는 것을 보고서 거기로 가서 밤을 지내야겠다고 생각했습니다.

"그럼 나는 저 성으로 가야겠소. 성 주인이 누구이든 틀림없이 나를 성에 들여놓을 거요. 내가 잘 빈 침대 하나야 없겠소."

그때 여관 주인이 말합니다.

"비단 커튼을 친 멋진 침대가 넓은 방에 여러 개 준비되어 있기야 하죠. 열쇠도 제가 갖고 있고요. 하지만 그곳에 가지 않는 것이 좋을 것 같습니다. 성주가 석 달 전에 부인과 아들을 데리고 먼 여행을 떠났는데, 그때부터 귀신들이 출몰하기 시작했거든요. 성 관리인과 하인들도 다 떠나버렸는걸요. 그 후로 한 번 성에 발을 디뎠던 사람은 다시는 들어가려고 하지 않습니다."

그러나 그는 웃음으로 넘겨버렸습니다. 귀신 따위를 믿지 않는 대담한 사람이었거든요. 그리고 말합니다.

"내가 한 번 시험해 보지요."

주인은 만류하다 결국은 열쇠를 내주지 않을 수 없었습니다.

그는 귀신을 찾아가는 데에 필요한 물건 몇 가지를 갖춘 다음에 데리고 다니는 하인과 함께 성으로 들어갔습니다. 성에서 그는 옷을 벗지도, 잠을 자지도 않고 무슨 일이 일어나는지를 기다릴 생각이었습니다. 탁자 위에 두 개의 촛불을 올려놓고, 그 옆에 장전된 권총 한 쌍을 놓았습니다. 그리고 시간을 보내기 위해서 마침 황금색 종이로 제본되어 비단 리본으로 거울 틀에 묶여 매달려 있는 헤벨의 이야기책을 집어 들어 그 속의 예쁜 그림들을 보고 있었습니다. 한참동안 아무 일도 없었습니다. 그러나 한밤이 되어 교회 종탑의 종이 열두 번 쳤을 때, —시커먼 먹구름이 성위로 지나가고 굵은 빗방울들이 창문을 두들겼습니다.— 바로 그때 문을 세게 두드리는 소리가 세 번 들리고는 시커먼 사팔

뜨기 눈과, 반 자는 되는 긴 코와, 드라큘라 이빨과, 염소수염에, 헝클어진 천을 몸에 두른 무시무시한 괴물이 방안으로 들어서서는 무시무시한 목소리로 외치는 것이었습니다.

"나는 지옥의 대왕 메피스토펠레스이시다. 내 궁전에 들어온 것을 환영하노라. 마누라와 자식들하고는 작별 인사를 해 두었느냐?"

그는 차가운 전율이 발가락 끝에서 등골을 거쳐 머리카락 끝까지 달리는 것을 느꼈습니다. 불쌍한 하인 생각은 떠오르지도 않았습니다. 그 메피스토펠레스가 무시무시하게 얼굴을 찡그리고 무릎을 높이 들어 마치 불 위로 걸어가려는 것처럼 성큼성큼 그의 앞으로 다가설 때 불쌍한 나그네는 생각했습니다. '하느님을 믿고 한 번 해보자.' 그리고 대담하게 일어서서 괴물을 향하여 권총을 겨누고 말했습니다.

"정지, 안 그러면 쏜다."

귀신이라면 그런 것쯤에 놀라지 않겠죠. 쏜다 하더라도 총알이 발사되지 않거나 발사되더라도 되돌아 귀신이 아니라 쏜 사람을 맞추게 될 테니까요. 그러나 이 메피스토펠레스는 손을 높이 들더니, 천천히 뒤로 돌아, 들어올 때와 똑같은 걸음으로 다시 나가는 것이었습니다. 나그네는 악마가 총알을 무서워하는 것을 보았을 때 이제 위험은 지나갔다 생각하고 다른 한 손에 촛불을 들고 천천히 계단을 내려가는 귀신을 마찬가지로 천천히 따라갔습니다. 그때 하인은 이때다 하고 재빨리 일어나 밖으로 나가 마을로 단숨에 달려갔습니다. 차라리 망나니들하고 자면 잤지 귀신하고는 못 잔다고 생각하면서요.

그런데 갑자기 귀신이 복도에서 추격자의 눈에서 사라져 버립니다. 마치 땅속으로 꺼진 것처럼 어디에도 보이지 않았습니다. 그리고 나그네가 귀신이 어디로 사라졌는지를 보려고 몇 발자국 더 나아갔을 때 갑자기 발밑의 바닥이 꺼지면서 구멍을 통해 아래로 떨어졌습니다. 그리고 그 구멍에서는 불빛이 마주 비치고요. 그때는 용감한 그도 이게 지옥으로 가는 길이구나 생각했습니다. 그러나 한 3미터쯤 떨어지나 했더니 그는 자신이 지하실의 건초더미 위에 누워있는 것을 발견했습니다. 몸도 다치지 않고요. 그런데 거기에 젊은 사람 여섯이 불을 둘러싸고 서 있었습니다. 메피스토펠레스도 함께였습니다. 게다가 갖가지 이상한 기구들이 여기저기 놓여 있었고 두 개의 책상 위에는 반짝이는 탈러은화가 쌓여 있었습니다. 그때 나그네는 자신이 어떻게 여기 있게 되었는지를 알아차렸습니다. 그들은 은화 위조단이었습니다. 성주가 부재중인 것을 이용하여 이곳에다 비밀 화폐제조기를 설치하였던 것입니다. 추측컨대 집안을 잘 아는 성주의 사람들도 끼여 있었겠지요. 이 비밀스런 일을 방해받지 않고 추진할 수 있도록 귀신 소동을 벌였던 것이고요. 그래서 이 집에 들어섰던 사람은 혼비백산하여 다시는 오지 않았던 것입니다.

이제 비로소 대담한 여행자는 자신이 마을에서 주막 주인의 말에 귀를 기울이지 않은 것을 후회하지 않을 수 없었습니다. 왜냐하면 좁은 구멍을 통해 어두컴컴한 방에 처박혀졌고, 그들이 어떻게 자신을 처리할지 의논하는 소리를 듣게 되었기 때문입니다. 한 사람이 "죽여 파묻어 버리는 것이 최상책이야."라고 했으나 다른 사람이 말했습니다. "우선 그가 누구인지, 뭐하는 사람인지, 어디서 왔는지 심문이나 해보자고." 심문 과정에서 그가 신분이 귀한 사람이며, 코펜하겐으로 덴마크의 왕을 만나러 가는 길이라는 말을 들었을 때, 그들은 놀라 눈을 크게 뜨고 서로 쳐다보았습니다. 그리고 다시 그를 그 어두컴컴한 방에 가둬놓고 말하는 것이었습니다. "이제 정말 큰일 났어. 만일 이 사람이 사라져 버리게 되면 주막 주인을 통해 이 성으로 왔다가 사라진 것이 드러나게 되고, 그러면 병사들이 순식간에 들이닥쳐 우리들을 잡아다 목을 매달 거야. 올해는 삼이 잘 되어서 밧줄 값도 얼마 안 들 거거든." 그래서 그들은 포로에게 아무것도 폭로하지 않겠다고 맹세하면 풀어주겠다고 하며, 코펜하겐에서도 계속 감시할 것이라고 위협도 하였습니다. 그는 맹세를 하고, 어디 사는지 말해야 했습니다. 그다음 그들은 그에게 포도주를 권하고, 그는 그들이 어떻게 아침까지 돈을 위조하는지를 볼 수 있었습니다. 아침이 되어 햇빛이 지하실 구멍을 통해 비치고, 길에서 말채찍 소리가 울리고, 목동이 소 모는 소리가 들릴 때 나그네는 밤동무들과 이별을 하며 친절한 대접에 감사를 하고 가벼운 마음으로 다시 주막으로 갔습니다. 시계며 파이프며 권총이며 그대로 놔둔 것도 잊어버리고.

주막 주인은 "아이고, 다시 뵙는군요. 저는 밤새 한 잠도 못 잤습니다. 아무 일도 없었습니까?" 하며 반겼습니다. 나그네는 생각했습니다. '맹세는 맹세니, 목숨을 구한다고 지키지도 않을 맹세로 함부로 하느님을 불러서는 안 되지.' 그래서 한마디도 하지 않았습니다. 나중에 코펜하겐에 가서도 입을 꽉 봉했고 스스로 그 일에 대해서 거의 생각도 하지 않았습니다. 몇 주 후에 그는 우편으로 조그만 상자를 받았습니다. 그 속에는 한 쌍의 은으로 장식된 귀한 권총과, 다이아몬드로 장식된 새 금시계와, 금줄이 달린 터키 파이프와, 금실로 수놓은 비단 담배 주머니와, 편지 한 장이 들어 있었습니다. 편지에는 "우리로 인해 받았던 놀람에 대한 보상으로, 그리고 침묵에 감사하며 이것들을 보냅니다. 이제 모든 것이 지나갔습니다. 원하신다면 모두 이야기해도 좋습니다." 이렇게 해서 길동무에게 이 이야기를 하게 되었던 것입니다. 언덕의 정상에 오르자 마침 건너 마을의 종이 정오를 알리자 그는 시계를 꺼내 마을의 시계가 제대로 맞는지 비교해 보았습니다. 그 시계가 바로 그 금시계였습니다.

나이세의 기병

프랑스 혁명 초기에 독일과 프랑스 사이에 전쟁이 터져 프로이센 군인들이 프랑스의 샹파뉴 지방을 지나게 되었을 때 그들은 상황이 역전될 수도 있다는 것을 꿈에도 생각하지 못했습니다. 그러니까 1806년에는 거꾸로 프랑스 군인들이 불청객으로 프로이센을 방문하게 되리라는 것을 말입니다. 전시에 점령군들은 점령지에서 모두가 군인 정신이 올바로 박힌 군인처럼 행동하지는 않는 법이죠. 그때 아주 못돼먹은 프로이센의 갈색 머리 기병(騎兵) 하나가 어느 평화로운 집에 쳐들어가 돈을 있는 대로, 돈이 될 만한 것도 몽땅, 마지막에는 깨끗한 새 침대보가 깔린 좋은 침대마저 강제로 빼앗아 주인 부부를 괴롭혔습니다. 무릎을 꿇고 부모님의 침대만은 되돌려 달라고 간청하는 여덟 살짜리 아들도 사정없이 밀쳐냈습니다. 이번에는 딸이 소매를 잡고 자비를 애걸하자 기병은 그녀를 마당에 있던 우물 속에 던져버리고 약탈한 물건들을 남김없이 가져갔습니다.

시간이 흘러 기병은 제대하여 독일 동쪽 끝인 쉴레지엔의 나이세 시에 정착해 살며 옛날에 저질렀던 일을 다시는 생각하지 않았습니다. 이미 모든 게 땅속에 묻혀 잊혔다고 생각했겠죠. 그런데 1806년에 무슨 일이 일어났는지 벌써 말씀드렸지요? 이번에는 거꾸로 프랑스 군인이 프로이센으로 쳐들어와 이 나이세에 들어온 것입니다. 이때 한 젊은 프랑스 중사가 어떤 여자의 집에 묵게 되었고 대접도 친절하게 받았습니다. 중사 역시 좋은 사람으로 행동이 바르고 성품도 나쁘지 않아 보였습니다. 그런데 다음 날 아침 이 중사가 식사 시간이 되었는데도 방에서 나오지를 않는 것이었습니다. 주인 여자는 계속 자나 보다 생각하고 커피가 식지 않도록 난로 위에 올려두고 한참을 기다렸지만 나오지 않자 방으로 가서 조용히 문을 열고 혹시 남자가 아프지나 않는지 들여다보았습니다.

젊은 군인은 침대에 앉아서 두 손을 맞잡고 마치 큰 불행이나 당한 것처럼, 아니면 깊은 향수에 빠진 것처럼 한숨을 쉬며 방에 누가 들어왔는지 쳐다보지도 않았습니다. 부인은 조용히 다가가 물었습니다. "중사님, 무슨 일입니까? 몹시 슬퍼 보이네요." 그때 남자는 눈물이 가득한 시선으로 여자를 쳐다보며 간밤에 누어 잤던 침대의 침대보가 18년 전 프로이센 군인의 약탈로 인하여 모든 것을 잃어버린 샹파뉴에 있는 부모님 것이라고 하는 것이었습니다. 지금도 당시의 모든 것을 똑똑히 기억하고 있어 슬픔으로 가슴이 터질 것 같다면서요. 침대보를 기억하는 것은 어머니가 붉은 글씨로 표시해 둔 이름의 첫 글자들이 아직도 지워지지 않고 있었기 때문이었습니다. 여자는 깜짝 놀라며 그것을 갈색 머리 기병에게서 샀으며, 그가 아직도 이곳에 살고 있다고 하였습니다. 중사는 일어나 여자와 함께 그를 찾아갔습니다. 정말 그 사람이었습니다.

그는 말했습니다. "당신, 18년 전 샹파뉴에서 죄 없는 사람에게서 재산을 몽땅 빼앗고 마지막에는 침대마저 들고 갔던 일, 손이 발이 되게 빈 불쌍한 여덟 살짜리 소년에게 발길질 했던 일, 그리고 내 누이에게 한 짓을 아직 잊진 않았겠지?" 옛날의 죄인은 처음에는 변명하려 하였습니다. 전쟁 때에는 온갖 일이 일어나는 법이라 한 사람이 놓고 가면 다른 사람이 들고 가게 마련이니 먼저 본 사람이 가져가게 되는 거라 하면서요. 그러나 그는, 중사가 바로 자신이 약탈하고 괴롭혔던 부부의 아들임을 알게 되자, 또 중사가 누이의 일을 상기시키자 양심의 가책과 놀람 때문에 말문이 막혀 아무 말도 못하고 부들부들 떨며 무릎을 꿇고 엎드려 용서해 달라는 말만 반복하였습니다. 물론 무슨 말을 해도 소용이 없으리라는 생각도 하였겠죠. 아마 독자 여러분은 이제 중사가 그 기병을 단칼에 베어버리리라고 생각하고 기대하고 계시겠지요? 아닙니다. 잘못 생각하셨습니다. 왜냐하면 사람이 슬픔과 고통으로 가슴이 터지게끔 되면 복수하고 싶은 생각마저 사라져

버리게 됩니다. 복수는 너무 졸렬하고 보잘 것 없어 보이기 때문이죠. 오히려 우리 모두가 하느님 손에 있는데 하는 생각으로 악을 악으로 갚고 싶은 생각이 사라지게 되지요. 중사도 그랬나 봅니다. "당신이 나를 괴롭힌 것은 내가 용서하고, 부모님을 괴롭히고 재산을 빼앗은 것은 우리 부모님이 용서하실 것이오. 당신이 내 누이를 우물에 던져 빠져 나오지 못하게 한 것에 대해서는 하느님이 하실 일이지만 그래도 용서하시길 바라겠소." 이렇게 말하며 그는 기병의 손끝 하나 건드리지 않고 그곳을 떠났습니다. 그의 가슴은 다시 편안해졌습니다. 그러나 기병은 마치 최후의 심판대 앞에 서 있었던 것 같고, 최후의 심판을 받은 것만 같았습니다. 왜냐하면 그 후 그는 단 한 시간도 마음이 편안할 때가 없었고, 석 달 후에는 이미 죽은 사람이었다고 하니까요.

나폴레옹 황제와 브리엔느의 과일장수

나폴레옹 황제는 젊은 시절을 브리엔느에서 사관학교 생도로서 보냈습니다. 어떻게 보냈을까요? 그것은 그가 수행한 전쟁과 그의 행동이 말해 줍니다. 그는 젊은 사람들이 그러듯이 과일을 즐겨 먹었습니다. 그래서 그곳의 과일 파는 여자에게 적잖은 돈을 썼지요. 돈이 없을 때는 외상으로 달아 놓았다가 나중에 돈이 오면 갚기도 하고요. 그런데 임관이 되어 학교를 떠날 때에도 약간의 외상값이 남아 있었습니다. 그녀가 마지막으로 즙 많은 복숭아와 단 포도를 한 접시 가득 들고 왔을 때, 그가 말했습니다. "아가씨, 나는 이제 떠나야 하는데 과일값을 줄 수가 없군요. 그러나 잊지 않겠습니다." 그러자 그 여자는 "오, 그런 걱정은 말고 떠나세요. 하느님의 가호 밑에 늘 건강하고 행복하시기 바랍니다." 그런데 이런 일은 이 젊은 군인이 들어서게 되는 인생행로라면 아무리 머리가 좋은 사람이라 하더라도 쉽게 잊게 되는 일입니다. 어떤 계기가 다시 상기시켜 준다면 모를까.

나폴레옹은 짧은 시간 안에 장군이 되어 이탈리아를 정복합니다. 한때 이스라엘의 자손들이 벽돌 굽는 일을 했던 이집트에도 가고, 천팔백 년 전에 성처녀가 살았던 나사렛에서도 일전을 치릅니다. 그리고 적군의 배들로 가득한 바다 한가운데를 뚫고 프랑스로 건너가 제1집정관이 됩니다. 그리고 혼란스러워진 조국의 안정과 질서를 다시 회복시키고 프랑스 황제가 됩니다. 그리고 브리엔느의 착한 과일장수는 아직도 잊지 않겠다는 그의 말 이외에는 아무것도 받지 못했고요. 그러나 그 한마디는 현금이나 다름없는, 아니 더 나은 말이었습니다. 왜냐고요?

황제가 다시 브리엔느에 가게 되었을 때—그는 아무도 몰래 그곳에 도착하였는데, 아마 옛날과 현재를 생각하며 하느님이 그렇게 짧은 시간에 황제의 자리에 오르기까지 그 많은 난관을 무사히 넘기게 해주신 것을 생각하며 감회에 젖어볼 생각이었겠지요—어느 골목에서 갑자기 멈추더니 손가락을 이마에 갖다 대고 무엇인가를 깊이 생각하는 것이었습니다. 그리고 곧 과일장수 여자의 이름을 기억해 내고, 허물어져 가는 그녀의 집을 찾아내어, 단 한 사람의 부하만 대동하고 그곳으로 갔습니다. 좁은 문을 통해 안으로 들어가니 여자가 난로 옆에서 두 어린애와 간소한 저녁을 준비하고 있었습니다. "여기서 먹을 것 좀 얻을 수 있겠습니까?" 하고 황제가 물었습니다. "그럼요! 잘 익은 멜론이 있습니다." 여자는 대답하며 멜론 하나를 가져왔습니다. 두 낯선 남자가 멜론을 먹고 여자가 불에 잔가지를 몇 개 집어넣을 때, 한 사람이 "오늘 여기에 온다는 황제를 아세요?" 하고 물었습니다. "황제님은 아직 오지 않으셨어요. 그분이 오셨는데 어떻게 제가 모를 수 있겠어요? 그분이 여기 계실 때 적지 않은 과일을 어떤 땐 접시로, 어떤 땐 광주리로 제게 사주셨는걸요." 하고 여자가 대답하였다. "돈은 제대로 내던가요?" "그럼요. 모두 다 제대로 계산하셨어요." 그러자 그 낯선 남자가 말했습니다. "아주머니, 지금 거짓말을 하는군요. 아니면 기억력이 좋지 않든가. 우선 황제를 알아보지 못했어요. 왜냐하면 내가 바로 황제니까. 또 나는 당신이 말한 것처럼 과일 값을 모두 갚지도 않았었소. 아마 2탈러를 당신에게 빚졌을 거요." 이 순간 같이 있던 부하가 일천이백 프랑을, 원금과 이자라며 식탁 위에 세서 놓았습니다. 여자는 그제서야 황제를 알아보고, 식탁 위에 금화가 짤랑이는 소리를 듣자 황제의 발에 엎드려 기쁨과 놀람, 그리고 감사의 마음으로 제정신이 아니었습니다. 애들도 서로를 쳐다보며 어찌할 바를 몰라 하고요. 황제는 나중에 그 집을 헐고 바로 그곳에 새집을 지어주었습니다. 그리고 말했습니다. "브리엔느에 올 때마다 나는 이 집에 묵을 것이다. 그리고 집 이름도 내 이름을 달게 하겠다." 그리고 여자에게는 애들을 돌봐주겠다고 약속하였습니다. 실제로 그녀의 딸을 잘 돌봐 주었습니다. 그리고 아들도 바로 황제가 다니던 학교를 황제의 돈으로 다니게 되었습니다.

어느 영국 젊은이의 별난 운명

어느 날 한 시골 젊은이가 우편마차*를 타고 처음으로 런던으로 여행을 하고 있었습니다. 런던에 사는 그 많은 사람들 중에서 그가 아는 사람이라고는 누나와 매형 딱 두 사람뿐이었는데, 바로 그들을 찾아가는 길이었습니다. 마차에 타고 있던 사람은 젊은이 외에 마차에 실린 물건들을 관리하고 이곳저곳에서 편지와 소포들을 처리해야 하는 우체국 직원인 마부뿐이었습니다. 당시 이 두 길동무는 자신들이 어디선가 다시 만나게 되리라고는 꿈에도 생각하지 못했습니다.

우편마차는 밤이 깊어서야 런던에 도착했습니다. 그러나 젊은이는 난감한 상황에 처하게 되었습니다. 우체국은 나그네를 재우는 곳이 아니었고, 런던이 처음인 그가 이 칠흑같이 어두운 밤에 누나의 집을 찾는다는 것은 건초더미에서 바늘을 찾는 것이

---

* 우편물은 물론 여행객도 수송하는 마차. 20세기 초까지 있었음.

나 다를 바 없었기 때문이었습니다. 그때 마부가 말했습니다. "이보게, 젊은이, 나와 같이 가도록 하세. 나도 집이 여기가 아니어서 런던에 올 때면 친척뻘 되는 아주머니 집에 묵는다네. 방은 작지만 그래도 침대는 둘이야. 아주머니도 내쫓지는 않을 것이네. 날이 밝거든 누나 집을 찾게나." 젊은이는 두말 않고 동의하였습니다. 어디 마다할 상황인가요. 그들은 우체국 직원의 친척 집에서 독일 맥주보다 더 낫다는 이곳 영국 맥주를 큰 맥주잔으로 하나 소시지를 곁들여 마신 다음에 자리에 누웠습니다.

한밤중에 젊은이가 생리 때문에 밖으로 나가야 했습니다. 그런데 상황이 여간 곤란하지 않았습니다. 왜냐하면 지금 묵고 있는 숙소가 게딱지만 하였지만 몇 시간 전에 도착한 대도시 런던만큼이나 어디가 어딘지 모르기는 마찬가지였기 때문입니다. 다행히도 마침 마부가 잠이 깨어서 왼쪽 오른쪽 또 왼쪽하며 길을 가리켜 주었습니다. 그리고 덧붙이기를, "그런데 그곳의 문이 잠겨 있을 걸세. 그리고 열쇠도 없어. 하지만 내 외투주머니에서 칼을 가지고 가서 문과 기둥 사이로 밀어 넣으면 빗장이 열릴 것이네. 캄캄하니 귀를 이용하게. 템스 강의 물소리가 들리니까. 그리고 밤이라 추우니 아무거나 걸치고 가게." 젊은이는 어둠 속에서 서두르다가 자신의 옷이 아니라 마부의 조끼를 입고 볼일을 보러 나섰고, 다행히 자신이 찾던 장소에 도착할 수 있었습니다. 그런데 돌아오는 길에 계단을 잘못 밟아 코를 벽에 찧고는 맥주 기운 탓인지 피를 많이 쏟았습니다. 그리고는 출혈 때문인지 아니면 추위 때문인지 어지러워 그냥 잠이 들어 버리고 말았습니다.

마부는 기다리고 또 기다리며 잠자리 동료가 도대체 어디서 그리 오래 머무는지 궁금해 하고 있는데, 골목길에서 시끄러운 소리가 들렸습니다. 그는 잠이 덜 깬 상태인데도 생각이 번뜩 났습니다. '이 친구가 대문으로 해서 골목으로 나갔다가 업혀간 거 아니야?!' 왜 그런 생각이 들었나하면요, 당시에 영국에서는 뱃사람이 많이 필요하였기 때문에 밤이면 허름한 술집이나 수상쩍은 여인숙, 또는 뒷골목에서 힘 좋은 사람들이 선주의 부탁을 받고 배회하고 있었습니다. 그러다 일을 할 만한 사람이 아무나 그들의 손에 떨어지면 그때는 이름이나 신분을 물어보지도 않고 간단한 심사과정을 거치고는, 당사자가 원하건 말건 상관없이 배로 끌고 가 버렸습니다. 그것으로 끝이죠! 바로 이러한 한밤중의 인간 사냥을 '업어간다'고 하는 것이죠. 그래서 마부는 이 친구가 업혀간 게 틀림없다고 생각하였던 것입니다. 이런 생각이 들자 그는 황급히 외투를 걸쳐 입고 골목으로 나갔습니다. 불쌍한 젊은이를 구하기 위해서 말이죠. 그는 시끄러운 소리의 출처를 찾아 이 골목 저 골목을 헤매었습니다. 그런데 아뿔싸! 그 자신이 거리의 불한당들 손에 붙잡혀 배로 끌려가서, 다시 말해 '업혀가고' 말았습니다. 그렇게 그는 사라져버렸습니다. 젊은이는 나중에 정신을 차리고 일어나 다시 자던 침대로 돌아가서 동료가 없어진 줄도 모르고 날이 훤하게 밝을 때까지 잤습니다.

다음 날 아침 여덟 시부터 우체국에서는 마부를 기다렸습니다. 아무리 기다려도 나타나지 않자 이번에는 그를 데리러 사환을 보냈습니다. 사환은 찾던 사람은 없고 대신 한 남자가 피 묻은 옷을 입고 침대에 누워 있는 것을 보았습니다. 칼은 복도에 내던져 있고, 피는 변소까지 흘려 있고, 그리고 아래에는 템스 강이 흐르고요. 당연히 피 묻은 젊은이가 그 우체국 직원을 죽여 강물에 던져버렸으리라는 혐의를 받게 되어 심문을 받게 되었죠. 사람들이 그를 잡으러 찾아갔을 때도 그는 여전히 마부의 조끼를 입고 있었고, 호주머니에는 가죽 돈지갑과, 모두가 다 아는 마부의 인장이 끈에 묶인 채 들어 있었습니다. 이렇게 하여 불쌍한 젊은이의 인생은 끝장이 나게 되었습니다. 매형의 이름을 대었으나 그를 아는 사람은 없었고, 누이의 이름을 대어도 마찬가지였습니다. 젊은이는 사실을 아는 대로 모두 이야기하였습니다. 그러나 판사의 말은 이랬습니다. "모두가 거짓말이다. 그대를 교수형에 처한다." 지엄한 판결이라 영국의 법과 관습에 따라 다음날 오후에 당장 형이 집행되게 되었습니다.

당시 영국의 관습은 이랬습니다. 런던에는 나쁜 놈들이 하도 많아서 교수형을 당할 사람들은 간단한 재판으로 결정되고, 또 그런 일이 너무 흔해서 사람들은 별로 신경도 쓰지 않았습니다.

범인들의 수가 많아도 모두 한꺼번에 넓은 마차에 실려 교수대 밑으로 옮겨지면 밧줄이 교수대의 꺽쇠에 차례차례 걸리고 마차가 자리를 떠나면 죄수들은 거기 매달려 버둥거렸습니다. 그래도 사람들은 돌아보지도 않았습니다. 영국에서는 교수형이 우리에게서처럼 그리 치욕적이지도 않았습니다. 물론 죽는 것이야 마찬가지였지만요. 그렇기 때문에 뒤에 가까운 친척들이 와서 위에 매달린 친척이 빨리 숨이 끊어지도록 다리를 잡아당겨 주기도 하였습니다. 그렇지만 우리의 젊은 친구에게 이런 슬픈 사랑의 봉사를 할 사람은 아무도 없었습니다.

그런데 마침 한 젊은 부부가 팔짱을 끼고 처형대가 서 있는 장소를 산책하다가 지나는 길에 교수대를 쳐다보게 되었습니다. 그때 여자가 깜짝 놀라 소리를 지르면서 남자의 품에 쓰러졌습니다. "아이고 하느님, 저기 내 동생이 매달려 있어요!" 놀라움은 매달려 있던 남자가 귀에 익은 누나의 목소리를 듣고 눈을 떠 눈알을 무섭게 부릅떴을 때 훨씬 더욱 커졌습니다. 아직 살아 있었던 것입니다. 그리고 지나가던 부부는 바로 젊은이의 누나와 매형이었고요. 매형은 대담하고 사려가 깊은 사람이어서 당황하지 않고 조용히 처남을 구할 방도를 궁리하였습니다. 마침 장소가 외졌고 사람들도 흩어져 없었습니다. 그는 좋은 말과 돈으로 한두 사람의 마음씨 좋은 젊은이들을 모아 마치 그럴 권리라도 있는 것처럼 처형당한 젊은이를 내려서는 아무 소리 없이 집으로 옮길 수 있었습니다. 젊은이는 거기서 몇 시간 후에 다시 정신을 찾았고, 열이 조금 있기는 하였으나 다정한 누나의 간호 덕에 곧 건강을 완전히 찾았습니다. 그러다 어느 날 저녁 매형이 말했습니다. "이보게, 처남! 자네는 이제 이 나라에서 살 수가 없네. 자네가 발견되기만 하면 다시 한 번 교수형을 당하게 되지 않겠나. 나도 마찬가지고. 그러니 미국으로 가게. 내가 주선을 해보겠네." 똑똑한 젊은이는 상황을 이해하고, 기회가 되자 바로 배를 타고 80일 만에 필라델피아 항구에 무사히 도착하였습니다. 그렇지만 완전히 낯선 곳이라 무거운 마음으로 뭍에 올랐지요. 그리고 생각하기를 '그래도 하느님이 나를 아는 사람을 하나라도 만나게 해주신다면' 했을 때, 이런 일이! 바로 그때 초라한 선원 복을 입은 그 우편마차의 마부가 마주 오는 것이 아닙니까! 이런 낯선 장소에서, 이런 뜻밖의 재회라면 그 기쁨이 얼마나 크겠습니까? 그러나 여기의 이 만남은 그렇지 못했습니다. 한번 상상해 보세요! 첫 번째로, 주먹을 불끈 쥐고 막 도착한 젊은이에게 달려드는 마부를! 그는 소리쳤습니다. "악마가 어디서 자네를 이리 끌어왔는가, 이 빌어먹을 야반도주자야? 내가 자네 때문에 업혀간 것을 알아 몰라?" 두 번째로, 역시 주먹을 주머니에 모셔둘 리 없는 젊은이도 상상해 보세요! 그도 소리쳤습니다. "빌어먹을, 당신 때문에 내가 교수형을 당한 것을 알아요?" 그리고 세 번째로, 필라델피아의 쓰리 크라운 호텔을! 여기서 그들은 다음 날 만나서 서로 기구한 운명을 이야기하고 다시 가장 가까운 친구가 되었습니다.

젊은이는 한 상점에서 열심히 일을 해서 친구의 몸을 다시 사서 영국으로 돌려보낼 수 있었습니다. 그리고 자신은 많은 돈을 벌어 지금은 워싱턴의 제일 번화한 거리에서 살고 있답니다.

황당한 거래

대도시인 런던과 그 주변에는 다른 사람들의 돈, 시계, 반지 같은 귀한 물건을 보면 어린애처럼 기뻐하며 그것들을 제 것으로 만들 때까지 마음이 편하지 않은 희한한 사람들이 꽤나 많습니다. 그들은 가끔 거짓말이나 꾀로, 흔히는 대담한 공격으로, 때에 따라서는 그것도 밝은 대낮에 한길에서조차 그런 일을 합니다. 물론 그들에게 걸려든 모든 사람이 희생자가 되는 것은 아닙니다. 그런 예들을 런던 감옥의 교도관이나 형리들이 많이 알고 있습니다. 이것은 신분이 높고 돈 많은 신사가 겪은 이야기입니다.

어느 날씨 좋은 일요일에 임금님과 지체 높은 신사 숙녀들이 꾸불꾸불한 길이 멀리 숲까지 이어지는 넓은 왕실 공원에 모였습니다. 물론 다른 사람들도 많았습니다. 그들은 자신들이 사랑하는 임금님과 그 가족들을 볼 수 있다면 몇 시간의 걸음 정도는 문제가 아니었습니다. 사람들은 먹고 마시고, 놀이를 하고 춤을 췄습니다. 예쁜 오솔길을 따라 향기로운 장미 덤불 사이로 산책도 했습니다. 쌍쌍이서 또는 혼자서, 상황이 되는 대로요.

그때 여기에 속하는 사람처럼 잘 꾸며 입은 한 남자가 코트 속에 권총을 감추고 공원과 숲이 이어지는 외딴 장소의 나무에 기대서서 누군가 오기를 기다리고 있었습니다. 정말 생각대로 되네요. 저쪽에서 한 신사가 반짝이는 반지를 끼고, 짤랑이는 시곗줄을 달고, 버클에 다이아몬드가 박힌 허리띠를 매고, 황금별을 단 훈장 띠를 두르고서 시원한 그늘 속을 유유자적 산책하고 있는 것이었습니다. 그가 무심히 걷고 있을 때 나무 뒤에 숨어있던 그 사람이 갑자기 튀어나오며 간단한 인사를 하는 동시에 옷 속에서 권총을 꺼내 신사의 가슴을 겨누고 조용히 해 줄 것을 공손히 부탁합니다. 그들이 서로 무엇을 하는지 다른 사람이 알 필요가 없다면서요. 권총이 가슴을 향하고 있는 데 마음이 편할 리 있겠습니까, 진짜 총알이 들었을지도 모르는데? 신사는 '돔이 돈보다 귀중하니 손가락보다는 반지를 잃는 게 낫지', 이렇게 이성적으로 생각하며 가만있을 것을 약속하였습니다. 이제 그 나쁜 놈이 계속합니다. "선생님, 선생님의 금시계 두 개를 좋은 값에 팔지 않으시겠습니까? 우리 선생님 시계가 매일 시간을 달리 맞추어 정확한 시간을 알 수가 없단 말입니다. 해시계는 숫자가 지워져 버렸고요." 원건 원치 않건 간에 신사는 이 건달에게 동전 몇 푼에, 아니면 맥주 한 잔 값이나 될까 말까한 하찮은 물건에 시계 둘을 팔지 않을 수가 없었습니다. 그런데 건달은 다음에는 반지를, 다음에는 버클을, 다음에는 훈장을, 그리고 맨 마지막에는 셔츠 속의 하트 모양 목걸이마저도 그런 식으로 하나씩 하나씩 형편없는 값에 사들였습니다. 물론 계속해서 왼손에는 권총을 들고 있었죠. 마침내 그놈이 가진 게 아무것도 없는 것처럼 보였을 때, 신사는 '어휴, 이제는 끝났겠지' 하고 생각했습니다. 그때 그놈이 다시 말합니다. "선생님, 이렇게 서로 장사를 잘 했는데 이번에는 선생님께서 제 물건 중에서 아무거나 사지 않으시겠습니까?" 신사는 장사에는 어떤 경우에라도 표정관리가 중요하다는 것을 생각하며 말했습니다. "어디 한 번 봅시다." 그러자 그놈은 싸구려 상점에서 샀거나 길거리에서 주었을 갖가지 잡동사니들을 주머니에서 꺼내 늘어놓았습니다. 신사는 이번에는 귀한 돈을 주고서 그 물건들을 하나씩 사야만 했습니다. 이제 그놈이 자신은 권총 외에는 가진 것이 없고, 신사에게는 여전히 몇 개의 금화가 초록색 비단 주머니 속에 남아 있는 것을 보고 말했습니다. "선생님, 선생님이 지금 가진 것 모두를 가지고 권총을 사지 않으시겠습니까? 이건 런던에서 제일가는 최고 대장장이가 만든 것입니다." 신사는 속으로 놀랐으나 침착하게 생각했습니다. '이런 멍청한 놈 같으니라고!' 그리고 권총을 삽니다. 그가 권총을 받아들었을 때 즉시 손잡이를 돌려 잡고 말했습니다. "이제 손들어, 바보 같은 친구야! 그리고 내가 말하는 대로 앞서 가! 안 그러면 당장 쏘아 버린다!" 그러나 건달은 숲속으로 뛰어들면서 말했습니다. "어서

쏘시죠, 선생님! 그 속엔 실탄이 안 들어있답니다." 신사는 방아쇠를 당겼으나 정말로 소용이 없었습니다. 약실을 열어보았으나 화약 흔적도 없었습니다. 도둑은 이미 숲속 깊숙이 사라져버렸고요. 낙담한 영국 신사는 놀랍기도 하면서 부끄러워하지 않을 수도 없었습니다. 그리고 많은 것을 생각했습니다.

짭짤한 수수께끼

열한 사람의 손님이 스위스의 바젤*에서 시설이 잘 갖춰진 배를 타고 라인 강을 따라 내려가는 여행을 막 시작하려는 참이었습니다. 한 유대인이 샬람피라는 곳으로 가려고 하는데 태워 줄 것을 요청하여 구석에 앉아 함께 여행해도 좋다는 허락을 받았습니다. 행동도 조심하고 18크로이처의 뱃삯을 내는 조건으로요. 그는 주머니를 툭 쳐 짤랑하는 소리를 내었습니다. 돈이 있다는 암시를 한 거죠. 그러나 그가 가진 돈은 딸랑 뱃삯도 안 되는 3바첸짜리 동전 하나뿐이었습니다. 주머니 속에서 그 동전과 부딪쳐 소리를 낸 것은 놋 단추였습니다. 그럼에도 그는 허락해 주어 고맙다는 인사를 하며 배에 올랐습니다. 이렇게 생각하면서요. '도중에 무슨 수가 있겠지. 라인 강 위에서 부자가 된 사람도 많다는데 뭐.'

---
* 스위스, 독일, 프랑스 삼국 국경이 이어지는 곳에 위치한 스위스의 도시.

처음 출발할 때는 사람들이 여기저기서 소란스럽게 떠들고 야단들이었습니다. 어깨에서 배낭을 내려놓지도 못한 채 구석에 앉아있던 유대인은 적잖이 괴롭힘을 당했습니다. 유대인들이라면 까닭 없이 괴롭히는 사람들이 있으니까요. 죄를 짓는 짓인지도 모르고. 그러나 한참 되어 휘닝엔이란 곳과 슈스터 섬을 지나고 매르크트, 장트파이트 등등을 지나고 나서 사람들이 차차 말이 없어지고 하품을 하며 유유히 흘러가는 라인 강을 내려다볼 뿐이었습니다. 그때쯤 한 손님이 말했습니다. "어이, 모세!―유대인을 부르는 소리입니다.―자네 시간이 좀 빨리 가게 하는 법 모르는가? 자네 조상들이 오랫동안 사막을 헤매면서 온갖 것을 생각했을 거 아닌가?" 이때 유대인이 생각했습니다. '슬슬 시작할 시간이 되었군.' 그리고 한 가지를 제안했습니다. 차례차례 돌아가면서 재미있는 질문을 하는 게 어떠냐고요. 그러니까 수수께끼놀이인 거죠. "수수께끼에 대답을 못하는 사람은 수수께끼를 낸 사람에게 12크로이처 동전을 하나 주고, 맞추는 사람은 반대로 하나를 받는 것입니다." 그리고 괜찮다면 자신도 참가하겠다고 하자 모두가 좋다고 하였습니다. 유대인의 어리석음을 볼 수 있겠거니 한 거죠. 아니면 재치를 즐기는 것도 괜찮고요. 모두가 생각나는 대로 문제를 내었습니다.

첫 번째 사람이 "거인 골리앗은 빈속에 삶은 달걀을 몇 개나 먹을 수 있었을까요?"라고 물었습니다. 모두가 그걸 어떻게 아느냐고 하였지만 어쨌든 대답하지 못했으므로 12크로이처를 내놓아야 했습니다. 유대인은 대답을 합니다. "하나요. 왜냐하면 계란 하나를 이미 먹은 사람이 두 번째 것을 먹을 때는 결코 빈속에 먹는 게 아니니까요." 그렇게 하여 그는 12크로이처를 받았습니다.

한 사람이 생각했습니다. '잠깐 기다려라, 이 유대 놈. 너희는 구약을 믿으니까 신약에서 문제를 내면 네놈의 12크로어처는 내 것이나 다름없다.' 하며 문제를 내었습니다. "왜 사도 바울은 고린도 사람들에게 보내는 두 번째 편지를 썼을까?" 유대인이 대답합니다. "고린도에 가지 않았으니까요. 갔다면 말로 했겠죠." 다시 12크로이처는 그가 받았습니다.

세 번째 사람은 유대인이 신구약성경에 정통한 것을 보고 전혀 다른 종류의 질문을 하였습니다. "일을 자꾸 길게 늘이면서도 제 시간에 끝내는 사람은?" 유대인이 대답입니다. "밧줄 꼬는 사람이죠. 그가 부지런하기만 하다면요."

네 번째 사람의 문제 "아무리 먹어도 배가 부르지 않는 것은?" 유대인이 대답합니다. "나이요."

그러는 사이에 배가 어떤 마을을 지나고 있었습니다. 다섯 번째 사람이 문제를 내었습니다. "저건 밤라하라는 마을인데, 저기 사는 사람들이 양식을 제일 적게 먹는 달은?" 유대인이 대답합니다. "2월이죠. 2월은 28일밖에 없으니까요."

여섯 번째 사람입니다. "두 사람이 한 부모에게서 난 형제인데 그중 한 사람만 나의 친척이야." 유대인의 대답입니다. "그 친척은 당신의 숙부죠. 아버지는 친척이 아니니까요."

그때 마침 고기 한 마리가 강물 위로 뛰어올랐습니다. 그것을 본 일곱 번째 사람이 물었습니다. "두 눈 사이가 가장 가까운 물고기는?" 유대인이 대답합니다. "제일 작은 물고기요."

여덟 번째 사람이 물었습니다. "한 여름에 사람이 베른에서 바젤까지 가는데, 해가 높이 떠서 비추는데도 그늘 밑으로만 말을 타고 갈 수 있는 방법은?" 유대인이 대답합니다. "그늘이 없는 곳에서는 말에서 내려 걸어가면 되지요."

아홉 번째 질문, "겨울에 바젤에서 베른까지 말을 타고 가는데 장갑을 잊어버렸어. 손이 얼지 않으려면 어떻게 해야지?" 유대인이 대답합니다. "주먹을 쥐면 되지요. 얼어도 주먹이 얼 테니까요."

열 번째, "왜 통 만드는 사람은 통 속으로 기어들어가지?" 유대인, "문이 없으니까요. 통에 문이 있다면 서서 들어가겠지요."

이제 열한 번째 사람만 남았습니다. "다섯 사람이 계란 다섯 개를 나누는데 각자가 한 개씩 가지고도 그릇에 하나가 남아 있게 나누려면?" 유대인이 말합니다. "마지막 사람이 그릇 채 받으면 됩니다. 그러면 그도 하나를 받았지만 그릇에는 여전히 하나가 남아있으니까요."

이제 순서가 유대인 자신에게 돌아와 이제 제대로 한탕 해야겠다고 생각합니다. 그는 대단히 공손하면서도 교활하게 물었습니다. "두 마리의 송어를 구어야 하는데, 프라이팬 세 개에 각각 한 마리씩 송어가 있게 하려면 어떻게 해야 합니까?" 아무도 대답을 하지 못했습니다. 모두가 유대인에게 12크로이처를 주어야 했습니다.

독자 여러분, 저도 바로 이 문제를 남쪽의 이탈리아의 밀라노에서 북쪽 덴마크의 코펜하겐까지 모든 독자께 내어 짭짤한 수입을 올리고 싶은 생각이 간절하네요. 이제 그 열한 사람은 자신들이 돈을 내었으니 이제 수수께끼의 답을 들을 차례라고 하자 그 유대인은 심각하게 이리저리 뒤척거리다가 어깨를 한 번 들썩하더니 말했습니다. "저는 가난한 유대인입니다." "무슨 소릴 하는 거야. 어서 답을 말해요!" 손님들이 재촉했습니다. 그러나 그는 자기는 불쌍한 유대인이니 너무 언짢게 생각하지 말라고만 하면서 좀처럼 입을 열지 않았습니다. 사람들이 답이 무엇이든 괜찮으니 답을 말하기만 하면 된다고 한참을 애걸하듯 달래자 그때야 그는 주머니에 손을 집어넣더니 그들로부터 딴 12크로이처 동전 가운데 하나를 꺼내 갑판 위에 있던 탁자 위에 놓으면서 말했습니다. "나도 모르겠어요. 12크로이처 여기 있습니다."

사람들이 그 말을 듣자 물론 황당하여 눈이 왕방울만 해지고 애초의 약속과 맞지 않음을 알았습니다. 그러나 터져 나오는 웃음을 억누를 수가 없었기 때문에, 그리고 넉넉하고 점잖은 사람들이었기 때문에, 그리고 또 실제로 그 동행자가 여행길을 즐겁게 해주었기 때문에 그냥 묵인해 주었습니다. 물론 유대인은 자신의 목적지에서 내렸고요.

자, 이제 부지런한 분은 계산해 보시죠. 유대인은 배에서 얼마의 돈을 벌었을까요? 12크로이처 동전 하나와 놋쇠 단추 하나는 원래 가지고 있었습니다. 다른 사람들의 수수께끼를 알아맞혀 11개의 12크로이처 동전을 땄고, 그 자신의 수수께끼로 또 11개, 그러고 나서 하나를 못 맞추었다고 내고, 뱃삯은 18크로이처였으니 …….

완치된 환자

때때로 부자들은 남들이 부러워하는 넉넉한 재산에도 불구하고 가난한 사람들이 다행스럽게도 알지 못하는 갖가지 괴로움과 질병들을 견뎌내야만 합니다. 왜냐하면 그런 병의 원인이 공기 중에 있지 않고 그득한 그릇과 넘치는 잔에, 그리고 폭신한 의자와 부드러운 이불에 있기 때문입니다. 이 점에 관해서는 저 암스테르담의 부자가 잘 압니다.

그는 오전에는 내내 소파에 비스듬히 앉아서, 조금 덜 게으를 때면 담배를 피거나 창밖을 멀거니 바라보거나 합니다. 그리고 점심에는 마치 도리깨질을 한 타작꾼처럼 먹어댑니다. 이웃 사람들은 이따금 이렇게 말하곤 했습니다. "이거 밖에 바람 부는 소리야, 이웃 뚱땡이가 숨 쉬는 소리야?" 오후에도 그는 내내 마찬가지로 먹고 마셨습니다. 어떤 때는 찬 것을, 어떤 때는 더운 것을, 배고픔도 식욕도 없이 그저 심심하고 지루해서. 저녁때까지요. 그래서 이 사람이 도대체 어디서 점심을 끝내고, 어디서 저녁을 시작하는지 제대로 알 수가 없었습니다. 저녁 식사 후에는 바로 침대에 드러누웠습니다. 하루 종일 돌덩이를 나르거나 장작을 팬 것처럼 그렇게 피곤했으니까요. 그래서 결국에 그는 곡식이 가득 담긴 가마니처럼 무거운 몸뚱이를 얻게 되었습니다. 자는 것과 먹는 것이 달고 맛있을 리 없었고, 제대로 건강한 것도 제대로 아픈 것도 아니었습니다. 그는 자신의 말대로라면 삼백예순다섯 가지 병을 가지고 있었습니다. 그러니까 매일 병이 달랐다는 예기죠. 그러니 암스테르담의 의사들은 한 사람도 빠짐없이 호출되어 그에게 충고를 하지 않을 수 없었습니다. 한 동이는 될 만한 물약과, 한 삽은 되는 가루약과, 오리알처럼 큰 알약들도 먹었습니다. 마지막에는 사람들이 그를 보면 농담 삼아 두 발 달린 약국이라고 말했습니다. 그럼에도 이 모든 처방이 아무런 도움이 안 됐습니다. 왜일까요? 의사들의 처방을 따르지 않기 때문이었습니다. 그는 말하길 "빌어먹을! 개같이 살려면 부자일 필요가 뭐 있어? 의사들이야 내 돈 때문에 이런저런 소리 하는 거지."

마침내 그는 아주 용한 의사에 대한 소문을 들었는데, 그 의사는 한 번 쳐다보기만 해도 환자들이 다시 건강해지고, 얼굴을 비치기만 해도 죽음이 비켜간다는 것이었습니다. 그는 걸어서 백 시간쯤 걸리는 거리에 살았습니다. 부자는 이 의사를 믿어보기로 하고 자신의 상태를 글로 써 보냈습니다. 의사는 이 환자가 필요한 것이 무엇인지를 금방 알아차렸습니다. 간단히 말해서 약이 아니라 절제와 운동이란 걸 말이죠. '기다려 봐. 내 너를 곧 낫게 해 줄 테니.' 이렇게 중얼거리면서 그는 다음과 같은 내용의 편지를 부자에게 써 보냈습니다. "선생, 당신의 상태는 몹시 좋지 않소이다. 하지만 당신이 내 말을 충실히 따른다면 도울 수 있습니다. 지금 당신의 뱃속에는 아주 지독한 벌레가 들어 있습니다. 주둥이가 일곱 개나 되는 엄청나게 큰 벌레입니다. 그런데 내가 이 벌레를 직접 봐야 하니 지체 없이 여기로 오십시오. 그러나 꼭 알아둘 것이 있습니다. 첫째로 마차나 말을 타지 말고 반드시 걸어서 와야 합니다. 그렇지 않으면 벌레를 흔들게 되서 그놈이 창자를, 그것도 일곱 창자를 한꺼번에 잡아 뜯을 테니까요. 두 번째로 날마다 다음 이상 먹어서는 안 됩니다. 낮에는 채소 한 접시에다 조그만 소시지 하나, 그리고 밤에는 채소 한 접시에 계란 한 개만을 곁들여 먹도록 하십시오. 아침에는 파가 든 고기 수프를 작은 접시로 하나만 드시고요. 만일 그 이상으로 먹는다면 벌레만 더 커져서 간을 압박하게 될 겁니다. 그렇게 되면 당신의 몸을 재는 사람은 양복쟁이가 아니라 관 짜는 목수가 될 것입니다. 만일 내 충고를 따르지 않으면 내년 봄에 더 이상 뻐꾸기 소리를 듣지 못하게 될 터이니 알아서 하십시오!" 그 편지를 읽고서 그 환자는 곧 다음 날 아침 구두를 닦게 하고 의사가 말한 대로 길을 떠났습니다. 첫 날 그의 걸음은 너무 느려서 달팽이라도 그를 앞서 갈 것 같았습니다. 누가 인사를 해도 답례도 하지 않았고, 땅에 벌레가 기어가고 있으면 그냥 밟아 뭉개어 버렸습니다. 그러나 두 번째 날이 지나고 세 번째 날 아침에 그는 벌써 새들이 그렇게 아름답게 우짖는 것을 한 번도 들어본 적이 없었던 것 같았습니다. 이슬은 너무 영롱하고, 들판의 개양귀비 꽃은 너무 고왔고요. 길에서 만나는 사람들도 모두 친절하게 보였습니다. 그 자신도 마찬가지였습니다. 밤에 묵었던 곳을 떠나는 아침마다 경치는 점점 더 아름다워지고 자신은 더욱더 가벼운 몸이 되어 더욱더 즐겁게 길을 떠났습니다.

열여드레 째 되는 날 그는 의사가 사는 도시에 도착하였습니다. 다음 날 아침 일어났을 때, 그는 너무도 기분이 상쾌해서 이렇게 말했습니다. "하필이면 오늘 의사 선생에게 가야 하나? 내가 오늘처럼 건강한 날도 없었는데 말이야. 눈에 다래끼라도 났으면 좋겠다." 의사에게 갔을 때 의사는 그의 손을 잡고 말했습니다. "자, 어디가 아픈지 다시 한 번 차근차근 이야기해 보세요." 그러자 그는 "의사 선생님, 다행히도 아픈 데가 한 군데도 없습니다. 선생님께서도 나만큼 건강하다면 좋겠군요." 의사는 웃으며 말했습니다. "당신이 마음을 단단히 먹고 내 충고를 잘 따랐기 때문입니다. 벌레는 이제 죽었습니다. 그러나 알들은 아직 당신 몸 안에 남아 있습니다. 그러니 다시 걸어서 집으로 돌아가시고, 집에서는 열심히 장작을 패십시오. 그리고 배가 고플

때까지 먹지 마세요. 그래야 알이 부화되지 않으니까요. 그렇게만 하면 장수하시게 될 겁니다." 이번엔 부자 환자의 말이 따랐습니다. "의사 선생님, 선생님은 참 특이한 분이시군요. 무슨 말씀인지 잘 알겠습니다."

그는 의사의 충고를 충실히 지켜 여든일곱 해 하고도 넉 달 열흘을 살았답니다. 마치 물속의 물고기처럼 건강하게요. 그리고 새해가 되면 매번 의사에게 은화 스물두 불론씩을 보내 인사를 했습니다.

훌륭한 처방

오스트리아의 요셉 황제(1741-1790)가 현명하고 너그러운 황제였다는 것은 누구나 다 아는 사실이죠. 그러나 그가 한 번 의사가 되어 가난한 환자를 치료한 적이 있다는 것을 아는 사람은 많지 않습니다.

한 가난한 여자가 어린 아들에게 말했습니다. "애야, 의사를 불러다오. 너무 아파서 견딜 수가 없구나." 소년은 의사에게 달려갔습니다. 그러나 첫 번째 의사도, 두 번째 의사도 소년의 요청을 거절하였습니다. 왜냐하면 빈에서는 한번 왕진하는 데 은화 한 굴덴이 필요한데 이 가난한 소년은 눈물밖에 가진 게 없었기 때문이었죠. 천국에서야 눈물도 금화 못지않은 가치가 있다지만 세상 사람들에게야 어디 그런가요? 그런데 소년이 세 번째 의사에게인지 아니면 집으로인지 길을 가고 있을 때 요셉 황제가 지붕을 벗긴 마차를 타고 천천히 그의 옆을 지나갔습니다. 소년은 이 사람이 황제란 것은 몰랐겠지만 어쨌든 돈이 많은 사람이라고 생각하였던 것 같습니다. 그 애는 '어디 한 번 시도해 보자'고 생각을 하고 "아저씨, 저한테 한 굴덴만 주실 수 없으세요?" 하고 공손하게 물었습니다. 황제가 생각하길, '그놈 맹랑한 녀석인데. 금화 한 굴덴으로 동전 한 크로이처씩 예순 번 구걸할 걸 한꺼번에 해결하겠단 말이지.'—1굴덴이 60크로이처이거든요—그리고 물었습니다. "24크로이처 동전 두 개라도 괜찮겠느냐?" 그러나 소년은 안 된다고 하고 나서 그 돈을 어디에 쓸 것인지를 이야기했습니다. 황제는 소년에게 금화를 꺼내주고, 엄마의 이름이 무엇인지, 어디에 사는지를 자세히 물었습니다. 그 애가 세 번째 의사에게로 달려가고 집에서는 병든 엄마가 홀로 하느님께 제발 자신을 버리지 말아 주십사고 기도하고 있을 때에 황제는 소년의 집을 찾아갔습니다. 그리고 쉽사리 알아보지 못하게끔 될 수 있는 한 외투로 몸을 가리고 병든 여자가 누워 있는 방으로 들어갔습니다. 집안은 꽤나 썰렁하였습니다. 여자는 이 사람이 의사구나 생각을 합니다. 그래서 자신의 상태와, 또 너무 가난해서 제대로 먹지도 못했음을 이야기합니다. 황제는 "내가 처방을 해주겠소." 하며 아들의 연필과 공책이 있는 곳을 물었습니다. 그렇게 황제는 처방전을 쓰고, 또 여자에게 아들이 돌아오면 어디로 보내라고 말하면서 처방전을 탁자 위에 놓아두었습니다.

　　황제가 돌아가고 채 일 분도 안 되어 진짜 의사가 왔습니다. 환자는 이 사람도 자신이 의사라고 하자 적잖이 놀라 벌써 다른 의사가 다녀갔으며 처방도 받아두었다고, 그래서 아들이 돌아오기만 기다리고 있는 중이었다고 하며 양해를 구했습니다. 새로 온 의사가 처방전을 집어 어떤 의사가 왔다갔으며 처방은 어떻게 했는지 보다가 그 또한 적잖이 놀랐습니다. "아주머니, 참으로 훌륭한 의사한테 치료받으셨군요. 시청에 가서 25굴덴을 받아가도록 처방하고 그 아래 요셉이라고 써 놓았군요. 그분을 아실지 모르겠지만. 빈 위장을 달래고, 아픈 가슴을 위로하고, 눈을 적실 이런 처방을 나는 할 수가 없답니다." 여자는 하늘을 쳐다보며 감사와 감동으로 말을 잃었습니다. 앞의 의사가 처방한 돈은 문제없이 바로 지급받았고, 뒤의 진짜 의사는 진짜 약을 처방하였습니다. 좋은 약과 제대로 된 간호로 여자는 며칠 후 다시 건강하게 일어설 수 있었던 것은 물론이고요. 그러니까 의사는 아픈 여자를 치료하였고, 황제는 가난한 여자를 치료한 셈이지요. 여자는 나중에 재혼하여 아직도 살아 있다고 합니다.

개종

베스트팔렌 지방에 사는 형제가 있었습니다. 둘은 형이 가톨릭으로 개종하기 전까지는 평화와 사랑 속에 우애 있게 지냈습니다. 그런데 동생은 개신교도로 남고 형은 가톨릭교도가 되자 하는 일이 모두 괴롭기만 하였습니다. 결국에는 아버지가 개종한 형을 타향으로 보내 점원으로 일하게 하였습니다.

몇 년이 흐른 다음에 형은 처음으로 동생에게 편지를 썼습니다. "동생아, 너와 내가 믿음이 달라 같은 천국에 갈 수 없는 것이, 아니 아예 천국에 갈 수 없을지도 모른다는 생각이 머리에서 떠나질 않는구나. 네가 다시 나를 개신교로 개종시킬 수 있다면 그렇게 하도록 하자. 또 내가 너를 가톨릭으로 바꿀 수 있다면 나에겐 더욱 좋은 일이 되겠다." 그리고 자신이 업무 차 지나가게 되는 노이비트란 마을의 한 '독수리' 여관에서 만나 시도해 보자고 하였습니다.

처음 며칠간은 별 성과가 없었습니다. 개신교도인 동생은 교황이 반기독교적이라며 욕하고 카톨릭인 형은 루터가 그렇다고 주장하였습니다. 형이 성 아우구스티누스를 들어 설명하면 동생은 "아우구스티누스는 인정해. 그는 대학자였으니까. 하지만 그도 예루살렘의 첫 성령 강림제에 참석하지 않았어." 이런 식이었습니다. 그러나 이미 토요일에는 동생도 형을 따라 금식 기간의 음식만을 먹었습니다. "형, 생선에 푹 삶은 완두콩을 곁들여 먹는 것도 나쁘지 않네." 그리고 저녁에는 형이 동생과 함께 교회의 저녁 예배에 나갔습니다. "얘, 너의 선생의 찬송가도 듣기에 그리 나쁘지 않구나." 다음 날은 둘이 함께 처음으로 성당에서 아침 미사를 보고, 이어 교회에서 목사의 설교를 들었습니다. 그리고 일주일 후 오늘 하느님께서 원하시는 대로 하기로 약속하였습니다. 그러나 그들이 저녁 미사와 설교와 '상록수'란 주점에서 숙소로 돌아왔을 때 정말 하느님의 지시가 있었습니다. 그러나 그들은 그것을 제대로 이해하지 못했습니다. 왜냐하면 점원인 형이 가게 주인으로부터 화난 편지를 받았습니다. "당장 여행을 계속하여라! 내가 너를 교회 행사에 참석하라고 보냈느냐 아니면 견본을 배포하라고 했더냐?" 동생은 동생대로 아버지에게서 편지를 받았습니다. "얘야, 될 수 있는 대로 빨리 돌아오너라. 누가 빈둥거리라고 했더냐?" 그렇게 해서 그들은 바로 그날 밤 하려던 일도 다 못한 채 헤어졌습니다. 그리고 각각 형과 동생에서 들은 것들을 깊이 생각해 보았습니다. 여섯 주가 지난 다음에 동생이 형에게 편지를 씁니다. "형, 그동안 형이 한 말들이 옳다는 것을 확신하게 되었어. 나도 이제 가톨릭교도야. 부모님께는 어쩔 수 없어. 하지만 나는 다시는 아버지 눈앞에 나타나서는 안 되겠지." 그때 형은 고통과 안타까움이 가득차서 펜을 들었습니다. "이 용서받지 못할 녀석아, 너는 축복을 가져오는 믿음을 부인하고 사서 저주를 받을 셈이냐? 나는 어제 다시 신교도가 되었단다." 그러니까 구교도인 형은 신교도로, 신교도인 동생은 구교도로 개종을 한 것입니다. 그러니 전과 다를 바 없게 된 거죠. 아니 더 나빠진 셈이라 해야 하겠지요.

조심할 일: 종교에 대해서 너무 고민하지 마세요. 자칫하면 신앙심만 약화될 뿐입니다. 또 생각이 다른 사람과 종교에 대해서 논쟁하지 마세요. 특히 당신이나 마찬가지로 이해력이 없는 사람과. 가장 피해야 할 사람은 학식깨나 있다는 사람들입니다. 왜냐하면 그런 사람은 확신이 아니라 학식과 기교로 당신을 설복시키려 할 것이기 때문입니다. 그러니까 당신의 믿음대로 살고, 바로 되어 있는 것을 일부러 비틀지 마십시오. 특히 양심에 꺼릴 것이 없을 때에는.

되로 받고 말로 준 장사꾼

러시아의 루벨은 은화이고, 임페리알은 금화입니다. 그리고 1임페리알은 10루벨이고요. 그러니까 1임페리알을 주고 1루벨을 받는 경우는 있을 수 있습니다. 예를 들어 카드놀이를 하다 9루벨을 잃었을 경우 같은 때 말입니다. 반대로 1루벨을 주고 1임페리알을 받을 수는 없습니다. 그런데 이 말을 듣고 모스크바에서 한 꾀 많은 군인이 말했습니다. "내가 내일 장터에서 1루벨을 주고 1임페리알을 받아내면 어떡하겠소?"

다음 날, 장터에서는 아침 일찍부터 긴 줄을 이루어 점포들이 열리고 점포마다 사람들이 몰려들어 물건이 좋다 나쁘다 얼마를 내라 얼마를 깎아 달라 실랑이를 벌이고, 이리로 가고 저리로 가고, 또 사내애들은 계집애들에게 윙크를 보내곤 하였습니다. 그때 어제의 군인이 1루벨을 손에 들고 갑자기 나타나 소리를 질렀습니다. "이 1루벨이 누구 것이죠? 당신 겁니까?" 그는 전을 벌리고 있는 사람에게 이렇게 물으며 돌아다녔습니다. 그중에 벌이가 시

원치 않았던 상인이 오랫동안 지켜보다가 '돈을 내주고 싶어 안달이라면 내 것이 된다 해서 나쁠 건 없지.' 생각하고는 말했습니다. "여보시오, 군인 아저씨. 그것은 내 것이요." 군인이 말했습니다. "아저씨가 말하지 않았으면 이 많은 사람들 가운데서 임자 찾느라 애깨나 썼을 겁니다." 하며 그에게 루벨 은화를 주었습니다. 상인은 그것을 받아 이리저리 살펴보고 두드려보며 진짜인지를 확인하였습니다. 진짜였습니다. 그는 그것을 주머니에 집어넣었습니다. 이때 군인이 말했습니다. "그러면 이제 제 임페리알 금화을 주셔야지요." 상인이 대답합니다. "나는 당신의 임페리알을 가지고 있지 않고 또 당신한테 빚진 것도 없소. 장난을 치는 거라면 여기 루벨을 다시 가져가시오." 그러나 군인은 주장했습니다. "어서 내 이 임페리알 금화를 내놓아요. 내가 무슨 장난을 친다고 그래요? 경비원들과 경찰을 불러 올 거예요." 한마디 말이 다음 말을 불러 온순한 말에 거친 말이, 거친 말에 모욕적인 말이 이어졌습니다. 점포 앞에는 꿀단지에 수염 붙듯 사람들이 몰려들었고요. 갑자기 뭔가가 고슴도치처럼 사람들 사이를 뚫더니 경찰이 부하들을 데리고 나타나 "여기 무슨 일이요?" 하고 물었습니다. "무슨 일이냐고 묻고 있지 않소." 상인은 할 말이 별로 없었습니다. 그럴수록 군인은 할 말이 많아졌고요. 그가 말했습니다. 십오 분쯤 전에 이 사람에게서 1루벨어치 물건을 이것저것을 샀는데 돈을 지불하려고 주머니마다 뒤져봐도 입대할 때 대부님이 준 임페리알밖에 없어서 그 금화를 맡기고 루벨을 가지러 갔었다고요. 그런데 루벨을 가지고 돌아왔더니 점포를 찾을 수 없어서 점포들마다 들러 "나에게 1루벨 받을 사람이 누구요?" 하고 물었더니 바로 이 사람이 자기라고 해서 보았더니 정말 그렇더라고. 그런데 이 사람은 1루벨을 받더니 금화에 대해서 아무것도 모른다고 시치미를 떼고 있다고, 이렇게 말입니다. 경찰은 둘러서 있는 사람들에게 물었고, 사람들은 이구동성으로 그 말이 맞는다고 대답했습니다. 틀림없이 군인은 점포마다 루벨이 누구 것이냐고 물었고, 이 사람은 자기 것이라고 했으며, 그것을 받아서는 진짜인지 두드려 보기도 했다고요. 경찰이 그 말을 듣자 말했습니다. "당신이 1루벨을 받았으면 당연히 임페리알은 군인 아저씨에게 돌려주어야지. 안 그러면 점포를 폐쇄하고, 당신은 가두어버리겠소. 그러면 꽤 굶주리다가 죽게 될 거요." 결국 상인은 루벨를 가지고 군인에게 임페리알을 내주지 않을 수 없었습니다.

안클람의 거지 도제

1804년 8월에 독일 북동부 폼머른 지방의 안클람이라는 작은 도시에서 편력 중인 도제 한 사람이 어느 문 앞에 서서 노자로 쓸 몇 푼의 돈을 구걸하고 있었습니다. 그러나 아무도 나타나지도 않을 뿐 아니라 움직이는 기척조차 없자 그는 조용히 문을 열고 안으로 들어갔습니다. 안에는 한 병든 과부가 누워 있었고, 그녀 자신도 가진 것이 아무것도 없다고 하였습니다. 젊은이는 다시 밖으로 나왔습니다.

독자 여러분, 설마 이 젊은이가 집 안에 사람이 없으면 먹을 것이나 돈을 들고 나오려고 했다고 생각하시는 것은 아니시겠죠? 그러셨다면 어서 이 젊은이에게 용서를 빌고, 또 부끄러워하셔야 합니다. 왜냐고요? 그 젊은이는 네댓 시간이 지난 다음에 다시 돌아왔거든요. 이때 물론 누워 있던 여자가 "이런, 여긴 당신에게 줄 수 있는 것이 아무것도 없다니까요. 나 자신이 다른 사람의 도움으로 살고 있는데다 지금은 병까지 얻어 누워 있는 것이 보이지 않아요?" 그런데 젊은이는 바로 그 때문에 다시 온 거였거든요. 그는 탁자로 가서 양쪽 주머니에서 그사이 모은 적지 않은 음식들과 잔돈들을 그 위에 내놓았습니다. 그리고 다정하고 친절하게 말했습니다. "아주머니를 위해 모아온 것입니다. 어서 병이 나으셔야죠." 그리고 다시 밖으로 나와 조용히 문을 닫았습니다.

이 착한 젊은이의 이름은 천사가 기록해 두었을 테니 제가 굳이 말할 필요는 없겠지요.

꾀 많은 상인

이 이야기를 쓰는 제 조수는 비록 조그만 이야기일지라도 달력에 실을 수 있으면 언제나 매우 기뻐합니다. 왜냐하면 그가 학술적인 책에 써 놓은 것은 읽는 사람이 많지 않기 때문이지요. 학자들 자신이 잘 안 읽으니까요. 여러분의 가정의 벗은 최근에 통계에 따르면 칠십만 명의 독자를 가지고 있습니다. 다른 사람의 것을 같이 읽는 사람은 빼고요. 그가 이번에는 특별히 기뻐했는데, 그것은 아주 못된 악당을 보기 좋게 속여 넘기는 이야기를 할 수 있게 된 때문입니다. 이따금 늑대들이 꾀 많은 개를 물려다 되레 혼나기도 하거든요.

프랑스의 한 부자 상인이 근동 지방에서 귀한 화물을 배에 가득 싣고 항해하고 있었습니다. 장차 바닷가에 작은 성을 짓고 조용히 살면서 저녁이면 서너 가지 생선 요리를 즐기는 때를 상상하면서요. 그때 땅, 하고 한 발의 총소리가 났습니다. 알제리 해적선 한 척이 이미 가까이 접근해 있었던 겁니다. 선원들을 포로로 잡아 알제리로 데려다 노예로 팔아넘기려 한 것이겠지요. 하늘과 바다 사이에 공중누각을 지을 기회가 있다면, 도적질할 기회라고 없겠냐고, 알제리 해적들은 생각한 모양입니다. 바다에 목재가 없다면 교수대도 없을 테니까요. 다행히도 상인은 시칠리아 사람을 하나 배에 데리고 있었는데, 그는 이미 한 번 알제리 해적들의 포로가 된 적이 있어서 그들의 말과 그들의 매질을 잘 아는 사람이었습니다. 상인이 그에게 말했습니다. "여보게, 니콜로. 자네 다시 한 번 알제리 사람이 되어보지 않겠나? 내가 하라는 대로 하면 자네는 물론 우리 모두도 구할 수 있을 걸세." 그런 다음 아무도 보이지 않도록 모두 배안에서 숨어버리고, 그 시칠리아 사람만 상갑판에 서 있었습니다. 해적들이 번쩍이는 칼을 휘두르며 배에 접근하여 '개 같은 기독교들은 어서 항복하라'고 소리 지르자 시칠리아 사람은 불쌍한 목소리로 알제리 말을 하기 시작했습니다. "차미아나 할라크나 빌라바이 쏼라 쏼라……" 이 말은 모든 사람이 페스트에 걸려서 거의 다 죽고, 몇 사람은 곧 죽기만 기다리고 있으며, 괜찮은 사람은 자신과 독일인 한 사람뿐이라는 뜻이었습니다. 해적선 선장은 자신이 페스트 환자로 가득 찬 배에 그렇게 가까이 접근해 있다는 생각을 하자 눈앞이 캄캄해졌습니다. 그는 손수건으로 코를 막고 싶었지만 손수건이 없어 재빨리 소매로 막고, 배를 바람 뒤쪽으로 돌리며 말했습니다. "아요 초르크, 알라, 쏼라 쏼라……" 등의 이 말은 '자비롭고 사랑 많으신 하느님이 도와주기를 바라지만 어서 빨리 너희들의 페스트를 가지고 사라져라. 약초로 만든 식초를 한 병 주겠다.'는 말이었습니다. 그리고는 식초병을 긴 장대에 매달아 건네주고는 될 수 있는 대로 빨리 배를 돌려 왼쪽으로 사라져버렸습니다. 그렇게 해서 배는 무사히 위험에서 벗어났고, 상인은 나중에 마르세유 지방의 조용한 곳에 작은 성을 짓고 그 시칠리아 사람을 집사로 하여 평생을 함께 살았습니다.

대단한 수영 선수

이 지겨운 전쟁이 시작되기 전, 사람들이 아직 별문제 없이 프랑스에서 영국으로 건너가 도버에서 한잔하거나 옷감을 살 수 있었던 때에 매주 두 번씩 커다란 우편선이 칼레에서 도버로, 또 그 반대로 오고가고 했습니다. 거기가 두 나라 사이의 바다가 몇 마일이 안 되는 곳이었기 때문입니다. 배를 타고 싶으면 배가 떠나기 전에 와야 하는 법. 그런데 한 가스코니엔 출신의 프랑스 사람은 이것을 몰랐던 모양입니다. 칼레에서 사람들이 승선하는 시간보다 15분이나 늦게 왔으니까요. 그리고 하늘은 먹구름으로 꽉 덮여 있었습니다. 그는 생각했습니다. '이제 며칠간 여기 죽치고 앉아 다시 배가 올 때까지 멍청히 쳐다보고만 있어야 하나? 아니, 안 되지! 차라리 뱃사람을 얻어 우편선을 쫓아가는 게 나아.' 왜냐하면 작은 배는 가벼워서 무거운 우편선을 따라잡을 수 있기 때문이죠.

그런데 그가 지붕이 없는 배에 올라앉았을 때 뱃사람이 말했습니다. "이럴 줄 알았더라면 덮개를 갖고 오는 건데." 비가 오기 시작했거든요. 어떻게요? 곧 비가 마치 위에도 바다가 있어 아래에 있는 바다와 결합이라도 하려는 것처럼 밤하늘에서 퍼부었습니다. 그러나 그 가스코니엔 사람은 '그것도 재미있다'고 생각했어요. 마침내 뱃사람이 말했습니다. "됐어요! 우편선이 보입니다!" 이제 뱃사람이 배를 우편선에 대고 그는 올라갔습니다.

그가 한밤중에 바다 한가운데서 갑자기 선실의 작은 문을 통해 들어갔을 때 배 속에 앉아 있던 여행객들은 모두가 놀랐습니다. 그렇게 늦게, 완전히 혼자, 흠뻑 젖어서 왔으니까요. 왜냐하면 그런 배 속에 앉아있으면 마치 지하실에 앉아있는 것 같아서 사람들의 말소리와, 뱃사람들의 고함소리와, 돛대의 바람 소리와 거친 파도 소리 때문에 밖에서 무슨 일이 일어나는지 알 수가 없기 때문입니다. 아무도 비가 오고 있으리라고는 생각도 못했던 거죠. 한 사람이 말했습니다. "어째 물속에 처박히는 벌께나 받은 것 같아 보입니다." 그가 대답했습니다. "그런가요? 옷을 적시지 않고도 수영할 수 있어요? 누가 그런 방법을 찾아냈다면 나도 배우고 싶군요. 왜냐하면 나는 올레롱 섬*의 배달부여서 매 월요일마다 편지와 주문한 물건들을 육지로 헤엄쳐 배달하거든요. 그게 배보다 빠르니까요. 지금은 영국에 볼 일이 있어서." 그리고 또 말했습니

---

* 프랑스의 서부 남쪽 연안에 있는 섬.

다. "괜찮으시다면 나도 같이 타고 가겠습니다. 운 좋게 배를 만났으니까요. 별을 보니 도버까지는 멀지 않았습니다."

그때 어떤 사람이 입으로 구름 같은 담배 연기를 뿜으며 말했습니다. "여보쇼, 고향 양반!—실은 동향인이 아니고 영국 사람이었어요—당신이 칼레에서 여기까지 바다를 헤엄쳐 왔다면 당신 수영 실력이 런던의 유명한 흑인 선수보다 낫겠는 걸요." "전 시합이라면 마다하는 법이 없습니다." 가스코니엔 사람의 말에 영국 사람이 물었습니다. "그럼 내가 당신에게 금화 백 기니*를 걸 테니 그와 시합해 보시겠소?" 가스코니엔 사람의 자신 있는 대답, "물론이죠!" 영국 사람들은 육체적 능력이 뛰어난 사람들에게 큰 금액의 돈을 걸고 내기하는 풍습이 있습니다. 그리하여 그 영국 사람은 가스코니엔 사람을 자신의 비용으로 런던으로 데려다 좋은 음식과 음료를 제공하며 좋은 몸 상태를 유지하도록 돌봤습니다. 그리고 런던의 한 친구에게 제안했습니다. "영감, 내가 바다 한가운데서 대단한 수영 선수를 데려왔는데 그 사람이 당신네 흑인 선수보다 더 낫다는 데 백 기니를 걸겠소." "좋소!" 다음 날 두 사람은 자신들의 수영 선수와 템스 강의 정해진 장소에 나타났고, 또 호기심 많은 수백 명의 사람들도 모여들어 따로 내기를 걸었습니다. 어떤 사람은 가스코니엔 사람에게, 어떤 사람은 흑인

---

* 19세기 초까지 쓰인 영국의 금화. 1기니는 20실링.

에게. 1실링, 6실링, 1, 2, 5, 10, 20기니 등. 흑인 선수는 가스코니엔 사람을 별로 높게 평가하지 않는 것처럼 보였습니다. 그러나 두 사람이 옷을 벗었을 때 가스코니엔 사람이 가죽 띠로 조그만 상자를 몸에 매고는 그게 당연한 것처럼 아무 말도 하지 않고 잠자코 있었습니다. 궁금해진 흑인 선수가 물었습니다. "뭐하는 거요? 혹시 토끼 사냥할 때 토끼를 지나쳐 달리지 않도록 다리에 납덩어리를 묶어 달리던 저 유명한 달리기 선수에게 기술을 배우기라도 한 거요?" 가스코니엔 사람은 상자를 열어 보이며 말했습니다. "와인 한 병하고, 소시지 몇 개, 그리고 빵 한 덩어리뿐이요. 안 그래도 물어보려 했는데, 당신은 음식을 어디 두었소? 나는 템스 강을 똑바로 내려가 북해로 들어가서 해협을 통해 대서양으로 나가 스페인의 카디스*까지 갈 거요. 내 생각에는 도중에 우리는 아무데도 들릴 수 없을 텐데. 왜냐하면 나는 16일인 월요일까지 다시 올레롱에 도착해야만 하거든. 그러나 내가 내일 아침 카디스의 백마여관에 점심 식사를 주문해 놓겠소. 당신이 뒤따라와서 바로 먹을 수 있도록." 독자 여러분, 여러분은 이 친구가 이런 식으로 상황에서 빠져나가리라고 눈곱만치라도 생각했었습니까? 흑인 선수는 눈이 캄캄해지고 귀가 먹먹해졌습니다. "나는 이 물개 같은 친구하고 시합하지 못 하겠소!" 그는 주인에게 이렇

---

* 지중해 입구에 가까운 대서양의 연안의 스페인 도시.

게 말하고는 다시 옷을 입었습니다.

　　이렇게 시합은 끝났습니다. 가스코니엔 사람은 그를 데려간 영국 사람으로부터 적잖은 보상을 받았고, 흑인 선수는 모든 사람의 비웃음을 샀습니다. 왜냐하면 사람들이 그게 가스코니엔 사람의 속임수에 불과했다는 것을 알았다 하더라도 그의 대담한 착상과 뜻밖의 결말에 모두가 즐거웠기 때문이죠. 그는 나중에 그에게 돈을 걸었던 모든 사람들로부터 한 달 동안 이곳저곳의 식당과 주점에서 대접을 받았고, 일생 동안 한 번도 물에 들어가 본 적이 없다는 고백도 하였습니다.

프란치스카

라인 강변의 어느 한적한 작은 마을에 어둠이 짙어가는 저녁이었습니다. 직조공인 가난한 젊은이가 아직도 베틀에 앉아 일을 하면서 기도로서 나라를 구한 유대의 히스기야 왕을, 다음에는 이미 생명의 실이 다하여 더 이상 계시지 않은 아버지와 어머니를, 그다음에는 자신을 무릎 위에 앉혀주시곤 하시던 할아버지 장례식에 무덤까지 따라갔던 일을 회상하고 있었습니다. 얼마나 깊이 일과 생각에 빠져 있었던지 그는 네 마리의 당당한 백마가 끄는 멋진 마차가 자기 오두막 앞에 멈추는 것도 전혀 눈치 채지 못했습니다. 그러나 문이 열리고 나부끼는 곱슬머리와 길고 파란 옷을 입은 젊고 사랑스러운 여인이 들어와 부드러운 음성과 따뜻한 시선으로 "나 모르겠어요, 하인리히?" 하고 물었을 때야 그는 깊은 잠에서 깬 것처럼 놀라 몸을 일으켰습니다. 그리고 너무나 놀라 아무 말도 못했습니다. 천사가 앞에 나타났다고 생각했으니까요. 정말 천사 못지않은 사람이었습니다. 다름 아닌 누이동생 프란치스카였으니까요. 그 애가 살아있었던 겁니다.

옛날에 그들은 함께 맨발로 땔나무를 주우러 다녔고, 일요일에는 함께 광주리 가득 산딸기를 따 도시에 내다 팔아 돌아올 때는 한 조각 빵을 나눠 먹곤 하였었습니다. 서로 상대가 더 많이, 자신은 되도록 적게 먹도록 하면서요. 그러나 아버지가 돌아가신 후 가난 때문에 일거리를 찾아 형제들은 부모의 오두막을 떠나 낯선 곳으로 흩어졌습니다. 프란치스카만 늙고 병든 어머니 곁에 남아 그녀를 돌봤습니다. 방적 공장에서 버는 보잘것없는 수입으로 어머니를 부양하고 길고 잠 못 이루는 밤에는 그녀와 함께 낡고 다 찢어진 책에서 네덜란드에 관해서, 그러니까 그곳의 멋진 집들과, 커다란 배들과, 지독했던 도거스방크 해전*에 대한 이야기들을 읽었습니다. 그리고 늙고 병든 어머니의 변덕스러움을 순진한 인내로 견뎌냈습니다. 어느 날 새벽 두 시에 어머니가 말씀하시길, "얘, 딸아! 나와 함께 기도하자! 이 밤이 마지막 밤인 것 같다. 나는 더 이상 아침을 보지 못할 것 같구나." 불쌍한 어린애는 기도하고 울면서 죽어가는 어머니께 입맞춤을 하였습니다. 어머니는 "네게 하느님의 축복이 있기를! 그리고 또 ……" 하고서는 축복의 나머지 반쪽인 "네게 보답해 주시길!"은 영원 속으로 가지고 갔습니다.

---

* 1781년에 있었던 영국과 네덜란드의 해전.

어머니의 장례가 끝나고 프란치스카가 집으로 돌아와 기도하고 울면서 이제 자신이 어떻게 될까를 생각하고 있는데 그녀의 마음속에서 무언가가 말했습니다. '네덜란드로 가라!' 깊은 생각에 빠져있던 그녀의 머리와 시선이 천천히 들리고, 마지막 눈물은 푸른 눈에 멈춰 떨어지지 않았습니다. 그녀는 하느님을 믿고 마을을 지나 도시로, 또 도시를 지나 다시 마을로 기도하고 구걸하면서 걸어서 마침내 네덜란드에 도착했습니다. 그리고 그새 모아두었던 돈으로 깨끗한 옷을 한 벌 사 입었습니다. 그녀가 외롭고 쓸쓸히 사람들이 넘치는 로테르담의 거리를 걷고 있을 때, 또 한 번 마음속 무언가가 말했습니다. '저기 창틀에 금박을 한 저 집으로 가거라!' 그녀가 대문을 통해 대리석 계단을 지나 마당으로 들어섰더니—방문을 두드리기 전에 먼저 누군가 만나기를 바랐기 때문이었죠—모습이 고귀해 보이는 나이 지긋한 부인이 마당에서 닭과 비둘기와 공작새들에게 먹이를 주고 있었습니다. "얘야, 무슨 일로 여기에 왔니?" 프라치스카는 마음을 단단히 먹고 고귀하고 친절한 부인에게 자신의 모든 이야기를 했습니다. 그리고 "저도 마님의 빵이 필요한 불쌍한 병아리입니다."라며 일자리를 부탁하였습니다. 부인은 소녀의 겸손함과 순진함, 그리고 촉촉한 눈에 믿음이 가서 말했습니다. "안심하거라, 얘야! 하느님이 네 엄마가 해주신 축복을 헛되게 하지 않으실 게다. 네가 착하기만 하면 일을 주고 돌봐 주마." 부인은 생각하기를 '하느님께서 그녀의 축복에 응대할 사람으로 나를 결정하셨는지도 모르지.' 부인은 로테르담의 부유한 상인의 미망인인데 출생은 영국 사람이었습니다.

프란치스카는 처음에 허드렛일을 하는 하녀가 되었습니다. 그리고 착하고 충실하다고 인정되자 집안을 관리하는 하녀가 되고 주인은 그녀를 좋아하게 되었습니다. 그리고 그녀가 점점 생각이 깊어지고 행동이 세련되어지자 부인을 시중드는 시녀가 되었습니다. 그것이 전부가 아닙니다. 장미꽃이 피는 봄에 이탈리아의 제노바에서 주인의 조카인 젊은 영국인이 숙모를 방문하러 로테르담으로 왔습니다. 거의 매년 이때쯤 하는 방문이었습니다. 그들이 이런 일 저런 일을 이야기하다 프랑스 군과 오스트리아 군이 제노바 근처의 좁은 고갯길을 사이에 두고 대치했던 상황*을 이야기하고 있을 때 젊고 순수하고 매력적인 프란치스카가 밝은 웃음을 띠고 뭔가를 정리하러 방으로 들어섰습니다. 영국 젊은이는 그녀를 보자 벌렁대는 가슴 때문에 프랑스 군이나 오스트리아 군은 머리에서 사라져버렸습니다. "숙모님!" 그는 숙모에게 말했습니다. "숙모님은 정말 예쁜 아가씨를 시녀로 두셨습니다. 시녀라는 게 아깝네요." 숙모가 말했습니다. "저 애는 독일에서 온 불쌍한 고아란다. 예쁘기만 한 게 아니라 생각도 깊어요. 게다가

---

* 1796년 나폴레옹이 이태리를 정복할 때의 사건.

신앙심도 깊고 품행도 단정하지. 그래서 자식보다도 더 좋아하고 있단다." 조카는 잘된 일이라고 생각하였습니다.

다음 날인가 그다음 날인가, 그가 숙모와 함께 정원을 산책하다가 숙모가 "이 장미 어떠니?" 하고 물었습니다. 조카가 "예뻐요. 그녀는 정말 예뻐요." 숙모는 "얘, 지금 무슨 얘기 하는 거니? 누가 예쁘다고? 나는 이 장미나무가 어떠냐고 물은 건데." 조카가 "장미요." 숙모는 짓궂게 말합니다. "프란치스카가 아니고?" 그리고 말을 잇습니다. "내 벌써 눈치 채고 있었네." 그때 그는 프란치스카에 대한 사랑을 고백하고 그녀와 결혼하고 싶다고 했습니다. "조카, 자네 아직도 3주 더 여기 머물 것 아닌가. 그러고 나서도 변함이 없다면 나도 반대하지 않겠네. 그 애도 착실한 남편을 얻을 자격이 있는 앨세." 3주가 지나고 그가 말합니다. "3주 전과 달라졌어요. 훨씬 더 심해졌으니까요. 이젠 저 아가씨 없이 어떻게 살지 모르겠어요." 그렇게 해서 약혼이 이루어졌습니다. 물론 겸손하고 경건한 아가씨가 동의하도록 하는 데는 꽤 많은 권유와 설득이 필요했지만요.

그때부터 그녀는 일 년을 지금까지의 주인에게, 아니 더 이상 시녀가 아니라 친구와 인척으로서 창틀이 금으로 도금된 돈 많은 집에 머물렀습니다. 그리고 이 시간에 그녀는 영어와 불어를 배웠습니다. 또 피아노 연주도 배웠습니다. "우리가 깊은 고난에 빠져있을 때"라든가, "만물을 주관하시는 주님", 또는 "주님, 주님을 믿사옵니다."와 같은 것들을요. 그밖에도 교양 있는 여자라면 알아야 하는 모든 것들을 배웠습니다.

일 년 후에 신랑은 서너 주나 빨리 왔고, 결혼식은 여기 숙모네 집에서 가졌습니다. 이제 신혼부부가 떠나는 문제를 거론하기 시작했을 때 젊은 부인은 남편에게 자신의 고향에 들려 어머니의 산소를 찾아가 감사를 드리고 또 형제들과 친구들을 다시 한 번 보고 싶다는 뜻을 간곡히 말했습니다.

그렇게 해서 그날 그녀가 가난한 직조공인 오빠의 집에 들렀던 것입니다. 그리고 그가 그녀의 "날 모르겠어요, 하인리히?"라는 질문에 아무런 대답도 하지 못하자 그녀는 말했습니다. "프란치스카예요. 오빠 동생!" 그는 너무도 놀라 손에 들고 있던 북을 떨어뜨리고 누이가 그를 껴안았습니다. 오빠는 처음에 기뻐하지도 못했습니다. 왜냐하면 누이동생이 너무도 우아하고 품위 있게 변하였기 때문이었고, 또 그녀의 남편인 낯선 신사 앞에서 신분이 너무 다른 둘이 오누이로서 껴안고 서로 반말을 해야 한다는 것이 망설여졌으니까요. 그러나 누이가 가난의 옷은 벗어버렸으나 겸손은 그대로 지니고 있고, 신분은 변했으나 마음은 그대로인 것을 보았을 때까지뿐이었습니다. 며칠 후 모든 친척들과 친지들 방문을 끝내고 그녀는 남편과 함께 제노바로 갔습니다. 아마 지금 두 사람은 영국에서 살고 있을걸요. 얼마 후 남편이 친척으로부터 넉넉한 재산을 상속받았거든요.

여러분의 가정의 벗인 제가 이 이야기에서 무엇에 감명 받았는지를 말씀드릴까요. 가장 감동적인 것은 죽어가는 어머니가 딸을 축복해 줄 때에 하느님이 함께하신 것, 그래서 네덜란드 로테르담의 고귀하고 돈 많은 부인과 지중해의 해안의 착하고 부자인 영국인으로 하여금 가난하고 죽어가는 과부가 착한 딸에게 내린 축복을 실현시키도록 한 일입니다.

하느님께서는 모든 길을 알고 계시며
이르는 방법에도 모자람이 없으시도다.

보초 근무 중의 결혼

6주 동안 어떤 마을에 주둔 중이던 한 연대가 밤 2시에 즉시 이동하라는 명령을 받았습니다. 그리고 3시에는 모두가 출발하였습니다. 다만 마을 밖 들판에서 보초 근무를 하던 졸병 한 사람은 빼고요. 바삐 서둘던 사람들에게 잊힌 거죠. 호젓한 초소의 보초는 처음에는 시간이 지루하지도 않았습니다. 하늘의 별을 쳐다보며 생각했거든요. '하고 싶은 만큼 실컷 반짝여라. 아무리 그래봐야 너흰 지금 아랫마을 방앗간에서 잠자고 있을 두 눈만큼은 예쁘지 않아.' 그래도 5시쯤에는 생각했습니다. '이제 3시는 되었을 텐데.' 그러나 교대하러 오는 사람은 아무도 없었습니다. 메추라기가 파닥거리기 시작하고, 마을의 수탉이 울고, 마지막 별들이 다음 날 다시 올 것을 약속하며 사라지고, 날이 밝아 일꾼들은 밭으로 나갔습니다만 여전히 초소의 병사는 교대되지 않았습니다. 마침내 밭으로 나가던 농부가 전 부대가 이미 3시에 행군해 나가서 이제 마을에는 군인은커녕 각반의 단추 하나 남아 있지 않다고 말했습니다. 어쩔 수 없이 병사는 교대되지도 않은 채 마을로 돌아갔습니다. 여러분의 가정의 벗인 저는 이 병사가 이제 곱으로 빠른 걸음으로 연대를 쫓아가겠거니 생각했습니다. 그러나 그의 생각은 달랐습니다. '지들이 내가 필요 없다면 나도 지들이 필요 없어.' 게다가 이런 생각도 했습니다. '부르지도 않았는데 내 맘대로 근무를 풀고 쫓아갔다 매타작을 벌지도 모르잖아.' 또 생각합니다. '아랫마을 방앗간 집 예쁜 처녀는 입도 예쁘고, 키스도 달콤해.' 하긴 뭐라 생각했든 간에 가정의 벗에게는 상관없는 일이죠. 어쨌든 그렇게 해서 그는 푸른 군복을 벗고 마을에서 한 농부의 머슴이 되었습니다. 누가 물으면 어쩌다 자기 연대가 사라져버리는 불행한 일을 겪었다고 대답했고요. 그는 얼굴이 잘생긴데다가 착실하고 일도 솜씨 있게 잘 하였습니다. 물론 돈은 없었지만, 아니 그래서 방앗간 집 딸과는 잘 맞은 셈이었죠. 돈이야 방앗간 주인에게 넉넉히 있었으니까요. 간단히 말해서 결혼을 하게 된 거죠. 그렇게 해서 젊은 부부는 사랑과 평화 속에 행복하게 살았고 자신들의 보금자리도 꾸몄습니다.

그런데 일 년이 지난 어느 날, 그가 밭에서 돌아오자 아내가 걱정스럽게 쳐다보며 말했습니다. "여보, 당신이 좋아하지 않을 사람이 다녀갔어요." "누군데?" "당신 연대 사람들이요. 한 시간 후에 다시 온댔어요." 늙은 장인이 탄식하고, 아내는 걱정에 젖은 눈으로 젖먹이를 쳐다보았습니다. 어디서나 입빠르게 일러바치는 사람은 있게 마련인가 봅니다. 놀란 신랑이 잠시 후에 말합니다. "내게 맡겨 둬요. 나는 연대장님을 알아요." 그는 영원한 기념품으로 보관해 두려 했던 푸른 군복을 다시 찾아 입었습니다. 그리고 장인에게 이러이러 하시라고 하고는 자신은 총을 어깨에 걸쳐 메고 다시 옛날의 그 초소로 갔습니다. 부대가 들어왔을 때 늙은 장인은 연대장 앞으로 나갔습니다. "연대장님, 일 년 전에 저기 숲가 초소에 보초 근무를 명받은 불쌍한 사람을 생각해 보십시오! 일 년 내내 같은 장소에 보초를 서게 하고 교대해 주지 않았습니다." 그때 연대장은 중대장을 쳐다보았습니다. 중대장은 하사관을 쳐다보았습니다. 또 하사관은 병장을. 그리고 중대의 반이나 되는 실종자의 옛 동료들이 일 년 동안 보초를 선 동료를 보러, 나무에 4년 매달린 사과처럼 쭈그러졌을 친구를 보러 밖으로 달려갔습니다. 마침내 병장이, 다시 말해서 열두 달 전에 초소로 데려갔던 바로 그 병장이 와서 근무를 교대해 주었습니다. "앞에 총, 어깨총, 앞으로 갓!" 군인 교범에 따라. 이제 그는 연대장 앞에 갔습니다. 그의 젊은 아내도 젖먹이를 안고 동행해서 모든 일을 이야기했습니다. 마음 좋은 연대장은 그가 제대하는 것을 도와주고 금화도 하나 선물하였습니다.

어느 귀부인의 잠 못 이루는 밤

세상일을 주의 깊게 살피는 것만큼 많은 깨달음을 얻게 하는 것도 없습니다. 인간의 삶에 있어 모든 것이—예를 들어 한 여자의 치통과 한 쌍의 젊은이의 행복이—연관되어 있을 수 있다는 것을, 또는 옳지 않거나 금지된 일이라 할지라도 누구와 관련되느냐에 따라 좋은 일로 바뀌질 수도 있다는 것을, 그리고 만물의 끊임없는 대순환 속에서 개별적인 것은 어느 것이나 작고 희미해서 추적하기도 어렵게 되지만 그게 좋은 것이든 나쁜 것이든 결코 완전히 소멸해 없어지지는 않는다는 것 등등을 알 수 있게 하니까요. 마치 한 잔의 물을 라인 강에 쏟아 부을 때 일어나는 일처럼요. 그 물은 누구도 다시 퍼담을 수 없게 순식간에 라인 강물과 합치면서 큰 흐름에 녹아버리게 되죠. 그러나 태양이 물을 증발시키는 힘으로 그중 몇 방울의 물이 증기가 되어 올라갔다가 다시 비구름이 되어 다시 이 지방 저 고장에 떨어져 꽃들이 피어나게 할 수도 있으니까요.

한 젊고 착한, 게다가 예쁘기도 한 하녀와 그와 비슷한 성품과 외양을 갖춘 머슴이 어느 귀부인의 장원에서 일하고 있었습니다. 만약 둘에게, 매일 맛있는 커피를 마시고 구운 고기를 먹는 생활을 하겠느냐 아니면 결혼을 하겠느냐고 물었다면 당장 후자를 택했을 것입니다. 그러나 그들은 하녀와 머슴으로서 일정 기간 동안 장원에서 일을 해야 할 의무가 있었고 장원의 주인인 부인은 그들을 기한보다 일찍 자유롭게 해줄 생각이 전혀 없었습니다. 왜냐하면 그들이 매우 착하고 부지런하고 충실해서 자신들이 맡은 일을 척척 해내기 때문입니다. 그래서 그들은 함께 울거나, 아니면 여자는 울고 남자는 나뭇조각을 씹으며 앉아 있는 일이 종종 있었습니다. 한번은 인간의 마음이란 변덕스러워서, 이제 2년밖에 남지 않았다고 서로 위로하고, 남자가 "네가 내 아내가 되고 내가 너의 남편이 되면" 하며 자신들의 장래 행복을 미리 기뻐하기도 했습니다. 그리고 한번은 미래까지도 잊어버리고 지금이 바로 그때라고 생각했습니다.

일 년의 세월이 지난 어느 날 밤에 귀부인이 무지막지한 치통 때문에—아니 그것 때문만도 아닙니다—침대에서 일어나 의자에 앉았다가, 이 방에서 저 방으로, 다시 저 방에서 세 번째 방으로, 이렇게 왔다 갔다 하고 있었습니다. 세 번째 방에서였던가, 그녀가 부엌으로 향한, 하얀 커튼이 쳐진 창문을 마주하고 앉게 되는데요—이제 치통이 곧 사라지게 되는 일이 생길 테니 잠깐 기다려 보십시오. 그녀는 지금 정말 있어야 할 장소에 앉아 있는 겁니다—갑자기 흰 커튼 뒤가 환하게 밝아지는 것을 보고, 무엇인가가 움직이는 소리를 듣게 되니까요. 귓속말로 속삭이는 소리와 부스럭거리는 소리도 듣습니다. 그녀가 조용히 커튼을 옆으로 밀어내자 부엌에서 머슴과 하녀가, 밤 열두 시에, 불 가에 서서 나뭇조각들을 불에 집어넣고 있지 않겠습니까? 불 위에는 조그만 냄비가 놓여 있고요.—이미 치통이 약간 줄었습니다—'아니 이 방자하고 못된 놈들 같으니라고' 그녀는 속으로 말했습니다. '세상에 믿을 놈 없다더니. 너희들은 매일 식사를 제대로 처먹고서도 그게 충분치 않았단 말이냐? 그래서 한밤중에 내 것을 훔쳐서 맛있는 것을 해 먹는단 말이지!' 잠시 후 정말 맛있는 것을 먹으려는 것처럼 하녀가 냄비를 불에서 들어냈습니다. 그런데 머슴이 문밖으로 나갔습니다. '날이 밝으면 너희 연놈을 감옥에 처넣고 말테다.' 귀부인은 생각을 계속합니다. '그리고 작별 인사도 없이 쫓아내고 말테다. 결국에는 계집년이 저 사내놈의 애까지 배고 말 걸. 그렇게 되어서는 안 되지.' 그 사이 머슴이 돌아오는데, 3개월쯤 된 아기를 안고 와서 엄마의 품에 넘겨주는 것이었습니다. 그때 돌연 부인의 치통이 마치 날아간 것처럼 그쳤습니다. 엄마는 아기에게 냄비에서 죽을 떠먹이고 가슴에 안아줍니다. 그리고 눈물에 젖은 눈으로 애기를 다시 한 번 쳐다보고 아빠에게 돌려주며 뭐라고 말할 때, 때맞춰 줄어드는 불빛이 그녀의 얼굴을 비추었습니다. 바로 그때 부인의 가슴에 놀라운 감동의 물결이 일며 다른 생각을 하게 됩니다. 왜냐하면 마치 애기 엄마가 젖은 눈으로 '하느님이 이 불쌍한 어린것을 불쌍히 여기시겠지' 하는 것 같았고, 그리고 자신이 하느님의 뜻을 따라야 할 것처럼 생각되었기 때문입니다. 그렇습니다. 그녀의 영혼을 통해 소름 같은 무엇이 지나갔습니다. 만일 하느님이 부모의 마음을 지켜주지 않았다면 그녀의 집에서 생각할 수도 없는 불행이 일어날 수도 있었을 테니까요.

다음 날 아침 일찍 부인은 둘을 호출했습니다. 둘은 서로를 쳐다보았습니다. "무슨 일이지? 혹시 우리가 자유를 얻게 되는 건가?" 여자의 말에 남자가 대답합니다. "아마 아닐 거야." 그러나 부인은 그들이 들어섰을 때 진지하고 엄숙하게 말했습니다. "너희들의 애는 어디 있느냐?" 그때 둘은 너무도 놀라고 부끄러워 주저앉을 것 같았습니다. 그리고 서로를 슬그머니 쳐다보았습니다. 마치 아기가 거기 있는 것처럼. "너희 애를 어디 두었냐니까?" 부인이 반복해 물었습니다. "우, 우, 우리 아기요?" 마침내 아빠가 더듬거리며 말합니다. "장작더미 뒤 나무 창고에 이, 이, 있습니다." 아기를 데려오지 않을 수 없게 되었을 때 머슴은 아기가 있던 그대로 낡은 보따리에 넣은 채로 데려왔습니다. 애기는 건초를 깐 침대 위에 깨끗이 눕혀져 있었고 일이 앞으로 어떻게 될지 아는 것처럼 울었습니다. 그때 부인은 한층 더 연민을 느끼고 충실한 하녀

이자 엄마가 후회에 가득차서, 그리고 눈물로서 자신과 죄 없는 애기를 불행하게 만들지 말아달라고 간청했을 때 부인은 자신의 감동을 더 이상 숨길 수 없었습니다. "알았다. 내가 왜 너희들을 불행하게 하겠느냐. 오히려 내가 너희들에게 보인 냉혹함을 보상해 주어야지. 그동안 겪었을 너희들의 걱정을 씻어주마. 너희들의 죄를 용서하고 애기에 대한 사랑도 보상해 주마."

어떻게 생각하십니까? 마치 하느님의 말씀을 선지자에게, 아니면 시편에서 듣는 것 같지 않으신가요? 착한 일에 감동하고, 불쌍한 이를 돌봐주고, 넘어진 사람을 일으켜 세우는 마음, 바로 그런 마음이 하느님이나 다름없고 그렇기 때문에 하느님의 말씀이 되는 것이겠지요. "오는 일요일 조용히 결혼식을 하도록 하여라." 부인이 말했습니다. "내가 적당한 혼수를 마련해 주겠다. 너희들의 애는 훌륭한 사람이 되도록 도와주마. 애기는 사내지?" 그렇게 해서 그들은 다음 일요일에 부인의 분부대로 결혼을 하고, 그 후 사랑과 평화 속에 결혼 생활을 했습니다. 애기는 벌써 개암나무 열매를 깰 수 있을 만큼 자랐고 공부도 열심이며 붉은 뺨이 통통합니다. 그러나 장차 그 애가 무엇이 될지는 저 위에 계신 전능하신 그분만이 아시겠죠.

샤를 씨

러시아의 페테르부르크에서 태생이 프랑스 사람인 한 상인이 귀여운 꼬마 아들을 무릎에 앉혀 놓고 어르고 있었습니다. 게다가 자신은 정말 행복한 사람이고, 자신의 행복은 하느님의 축복에 의한 것이라는 표정을 짓고 있었습니다. 그때 한 낯선 사람이—폴란드 사람이었는데—병들고 반쯤 얼어붙은 네 명의 아이들을 데리고 들어서며 말했습니다. "여기 그 애들을 데려왔습니다." 상인은 이상하다는 듯이 폴란드인을 쳐다보았습니다. "이 애들을 어떻게 하라고요? 누구의 애들인데요? 누가 나에게 보냈습니까?" "누구의 애들도 아닙니다." 폴란드인이 말했습니다. "빌뉴스*에서 이쪽으로 70시간쯤 걸리는 곳에서 죽어 눈 속에 묻힌 여자의 애들이니까요. 얘들을 당신 맘대로 하셔도 됩니다." 상인이 말했습니다. "당신이 잘못 찾아온 것 같습니다." 여러분의 가정

---

* 지금의 리투아니아의 수도.

의 벗인 제가 보기에도 그랬습니다. 그러나 폴란드인은 당황함이 없이 "사장님께서 샤를 씨가 맞는다면 제대로 찾아온 것 같은데요." 가정의 벗은 그것도 믿고 싶군요. 그는 샤를 씨가 맞거든요.

이렇게 된 일이었습니다. 과부인 한 프랑스 여자가 모스크바에서 유복하게 별 탈 없이 오랫동안 살고 있었습니다. 그러나 5년 전 프랑스인들이 모스크바에 왔을 때,* 주민들이 생각했듯이, 그녀는 그들을 고향 사람들이라고 친절하게 대해주었습니다. 피는 물보다 진하다고 하잖아요. 그런데 대화재로 그녀는 다른 사람들과 마찬가지고 집과 모든 재산을 잃었습니다. 간신히 애들 다섯은 구했지만요. 그러나 사람들의 의심 때문에 도시에서만이 아니라 나라에서도 떠나지 않으면 안 되었습니다. 그렇지 않았더라면 페테르부르크에 있는 부자 친척을 찾아갔을 텐데요. 독자 여러분께서는 벌써 뭔가 짐작이 되시죠? 그러나 그녀는 병들고, 오랜 여행에 필요한 물건 하나 없이, 무지막지한 추위 속에, 말할 수 없이 고생하며 빌뉴스까지 도착하였을 때 거기서 한 친절한 러시아 귀족을 만나게 되고 그에게 자신의 고난을 털어놓을 수 있었습니다. 귀족은 그녀에게 3백 루블을 주었습니다. 그리고 또 페테르부르크에 친척이 산다는 말을 듣고 그녀가 프랑스로 여행을 계속하든가 아니면 여권을 가지고 페테르부르크로 돌아가든가

---

* 1812년 나폴레옹의 러시아 원정군이 모스크바에 입성한 것을 말한다. 이때 러시아인들은 전략상 퇴각하면서 도시에 불을 질렀다.

를 선택하게 하였습니다. 그녀는 쉽게 결정을 못하고 그래도 제일 철이 들고 또 가장 많이 아픈 큰 아들을 쳐다보았습니다. "아들아, 너는 어디로 가고 싶니?" "엄마가 가시는 데로요, 엄마." 소년은 대답했고, 또 맞는 대답이었습니다. 왜냐하면 그 애는 여행도 떠나기 전에 무덤으로 갔으니까요. 그렇게 그녀는 필요한 최소한의 것을 갖춘 다음, 한 폴란드 남자와 자신들을 페테르부르크의 친척에게 데려다 주면 5백 루블을 주기로 합의했습니다. 모자라는 것은 친척이 보태주리라고 생각한 거죠. 그러나 그녀는 길고 험한 여행길에서 날마다 병이 중해지다가 엿새쩨던가 이레째 되는 날에 죽고 말았습니다. "엄마가 가시는 데로요."라고 아들이 말했었죠. 불쌍한 폴란드 남자는 그녀의 애들을 물려받을 수밖에 없었습니다. 그리고 서로 많은 말을 하였습니다만 이해한 것은 폴란드 사람이 프랑스 애가 러시아어를 할 때, 또는 폴란드 말을 할 때 프랑스 아이가 이해하는 만큼이었습니다. 독자 여러분께서도 그런 상황에 처하고 싶은 사람은 없을 겁니다. 그 자신 그랬으니까요. "이제 어떡하지?" 그 자신에게 말했습니다. "출발한 곳으로 돌아가서 애들을 그곳에 놔둬? 아니면 가던 길을 간다? 그럼 누구에게 데려가지?" 그때 그의 내면에서 무엇인가가 말했습니다. '네가 마땅히 해야 할 일을 하라! 이 애들이 제 엄마로부터 물려받은 마지막이자 유일한 것, 다시 말해서 네가 그녀에게 약속한 말을 무효화해서는 안 되지 않느냐?' 그렇게 해서 그는 불쌍한 고아들과 함께 시체 앞에 무릎을 꿇고 그들과 함께 폴란드 말로 주기도문을 외웠습니다. "그리고 우리를 시험에 들게 하지 마옵소서." 그런 다음 이별을 위해 모두가 눈물과 한줌의 눈을 어머니의 차디찬 가슴 위로 던졌습니다. 그러니까 애들은 가능한 대로 장례식이라는 마지막 의무를 하며 자신들이 이제부터는 버림받은 불쌍한 아이들이라는 것을 확인한 셈이죠. 그런 다음 폴란드인은 애들과 함께 페테르부르크로 계속해서 마차를 몰았습니다. 왜냐하면 그는 자신에게 어린애들을 맡긴 그분이 자신을 곤경에 빠지게 하리란 생각은 안 들었으니까요. 마침내 그 대도시가 눈앞에 넓게 나타났을 때야 그는 마차꾼이 동네 앞에 이르러서 손님에게 멈출 곳을 물어보듯 애들에게 물었습니다. 이해시킬 수 있는 모든 수단을 다해 친척이 어디에 사는 지를요. 그러나 그들로부터 이해한 것은 "우리는 몰라요." "그분 이름이 무엇이냐?" "그것도 몰라요." 이윽고 "너희들 자신의 성은 무엇이냐?"라는 질문에야 "샤를"이라는 대답이 나왔습니다. 독자 여러분들도 다시 뭔가를 알아채셨지요. 제가 앞질러 말한다면 샤를 씨가 그 친척일 것이라는 걸 말이죠. 그렇게 해서 애들은 돌봐줄 사람은 찾았고 이야기는 끝났다는 것도요.

그러나 현실은 종종 소설보다도 더 복잡합니다. 아니었습니다. 샤를 씨는 친척이 아니었고 다만 이름이 같은 다른 사람이었습니다. 그리고 이 순간까지 아무도 진짜 친척의 이름이 무엇인지 모릅니다. 또 그가 페테르부르크에 사는지, 그렇다면 어디에 사는지도요. 그렇게 돼서 가련한 폴란드 사람은 어찌할 바를 모르고 이틀간을 시내를 돌며 프랑스 애들을 팔려는 것처럼 내놓았습니다. 그러나 아무도 "한 쌍에 얼마요?" 하고 묻지도 않았습니다. 샤를 씨도 그들을 공짜로 선물 받거나 하나만 데리고 있을 생각이 없었습니다. 그러나 한마디 말이 다른 말을 불러 폴란드 사람이 진솔하고 인간적으로 애들의 운명과 자신의 어려움을 이야기했을 때 샤를 씨는 '내가 하나는 맡겠다'고 생각합니다. 그러다 그의 가슴이 점점 따뜻해져서 '둘을 데리고 있어야지' 하고 생각합니다. 그리고 마침내 애들이 그를 친척이라고 생각하고는 매달리며 프랑스 식으로 울기 시작했습니다. 여러분 벌써 눈치 채셨지요, 프랑스 애들은 달리 운다는 것을. 그것을 보자, 하느님께서 그의 마음을 살며시 건드렸는지, 샤를 씨는 자신의 아이들이 울고 떼쓰는 것을 보는 아버지처럼 느껴졌습니다. "하느님의 이름으로, 정말 그렇다면 내가 회피해서는 안 되겠군요." 그는 이렇게 말하고 애들을 모두 받아들였습니다. 폴란드 사람에게 말했습니다. "잠깐 앉으시오. 스프라도 준비하게 하겠습니다."

폴란드 사람은 가벼운 마음과 좋은 식욕으로 스프를 먹고 숟가락을 내려놓았습니다. 그런데 숟가락을 내려놓고도 일어나지 않았습니다. 일어났으나 이번에는 선 채로 기다렸습니다. 그러다 마침내 말했습니다. "미안하지만 이제 떠나게 해주십시오. 빌뉴스까지는 먼 길이어서요. 그 부인하고는 5백 루블로 합의했었습니다." 그때 사람 좋은 샤를 씨의 얼굴에 봄 구름이 햇빛 환한 들판을 가리듯이 그림자가 지나갔습니다. "여보시오, 내가 보기에 당신은 좀 이상한 사람이군요. 당신에게서 애들을 떠맡은 것으로 충분하지 않아서 당신에게 수송비까지 내가 지불해야 된다는 말입니까?" 아무리 너그러운 사람이라 할지라도 상인이라면 그런 생각은 당연한 것이지요. 다른 누구라도 마찬가지일 것입니다. 그게 자기 자신과 하는 흥정이라 하더라도 처음에는 값을 깎으려는 것 말입니다. 폴란드 사람이 말합니다. "사장님, 면전에서 사장님이 어떠하시다고 말씀드리고 싶지는 않습니다만 제가 이 애들을 데려다 준 것으로 충분치 않습니까? 제가 공짜로 수송까지 했어야 한다는 말인가요? 세상은 험하고 벌이는 신통치 않답니다." "바로 그러니까 하는 말이죠." 샤를 씨가 말했습니다. "아니면 제가 모르는 아이들을 사들일 만큼 부자라고 생각합니까, 아니면, 맙소사, 제가 그들을 흥정한다고 생각하는 건가요? 애들을 다시 데려가시겠소?" 이렇게 다시 한 번 말이 오가고 난 다음에 폴란드 사람은 이제야 샤를 씨가 애들의 친척이 아니고 단지 동정심에서 불쌍한 고아들을 받아들였다는 것을 알고 놀랐습니다. "사실이 그렇다면," 그가 말을 합니다. "저는 부자가 아닙니다. 그리고 사장님과 같은 프랑스사람들도 그렇게 해주지도 않았고요. 그러나 사실이 그렇다면 사장님께 요구하는 것이 부당한 일이겠군요. 대신 저 불쌍한 어린것들을 잘 돌봐주십시오." 하고 그 착한 사람은 말하면서 가슴이 벅찬 사람이 그러듯 눈에 눈물을 글썽였습니다. 그것이 또 샤를 씨의 마음을 감격하게 했습니다. 그는 생각했습니다. '나 샤를과 가난한 폴란드 마부라!' 폴란드 사람이 애들에게 차례차례 입 맞추고 폴란드어로 공손하고 경건한 사람이 되라고 당부하기 시작하였을 때 샤를 씨가 말했습니다. "여보세요, 잠깐만 기다리세요. 나도 화물을 받고 당연히 지불해야 할 수송비를 주지 않을 만큼 가난한 사람은 아니라오." 하며 5백 루블을 폴란드 사람에게 주었습니다. 그렇게 해서 아이들은 보살핌을 받게 되고 마부는 운임을 받았습니다. 독자 여러분들 중에 혹시 그 도시에 갔을 때 애들의 친척이 나타났는지, 그래서 그가 자신의 할 일을 했는지 궁금해 하실지 모르겠습니다만 하느님의 섭리는 그가 필요하지 않다는 것을 보여주었습니다.

훌륭한 어머니

1796년 프랑스 군이 라인 강 저편으로 후퇴한 후입니다. 스위스의 한 어머니가 군대에 간 아들에게서 오랫동안 소식이 없자 아들이 보고 싶어 한시도 마음 편한 날이 없었습니다. 그녀는 이렇게 생각했습니다. "그 애는 틀림없이 프랑스의 라인 군에 가 있을 거야. 그 애를 내려주신 하느님은 나를 꼭 그 애에게 데려다주시겠지." 그녀가 우편마차를 타고 바젤의 성문을 나와 포도밭의 원두막들을 지나 준트가우라는 마을에 들어섰을 때 기대와 희망을 품은 사람들이—물론 스위스 사람들도 포함해서—그렇듯이 그녀도 말이 많아져 길동무들에게 무엇 때문에 길을 나서게 됐는지 서슴없이 이야기했습니다. "그 애가 콜마에 없으면 슈트라스부르크로 가고, 슈트라스부르크에 없으면 마인츠로 가야죠." 그 말에 다른 사람들이 이런저런 이야기를 하다가 그중 한 사람이 물었습니다. "군대에 간 아드님 계급이 무엇입니까? 소령인가요?" 그때 그녀는 속으로 많이 부끄러웠습니다. 왜냐하면 아들이 늘

착했기 때문에 충분히 소령쯤이야 되었으리라 생각하지만 사실이 어떤지는 전혀 몰랐기 때문입니다. "그 애를 만날 수만 있다면야 소령이 아니라면 어때요? 내 아들인데."

콜마 쪽으로 두 시간쯤 갔을 때 이미 해가 산 너머로 기울어 목동들은 가축들을 몰고 집으로 향하고, 마을의 굴뚝에선 연기가 피어올랐습니다. 길에서 멀리 떨어지지 않은 한 부대에서는 군인들이 부대별로 세워총을 한 채 서 있고, 장군들과 영관급 장교들은 부대 앞에 모여서서 토론하고 있었습니다. 하얀 옷을 입고 교양이 있어 보이는 한 여성도 아기를 품에 안고 옆에 서 있었습니다. 우편마차에 있던 어머니가 말했습니다. "저기 남자들 옆에 서 있는 저 사람도 보통 사람은 아닌 것 같네. 같이 이야기하고 있는 사람은 틀림없이 그녀의 남편일 거야." 독자께서는 이미 무엇인가 눈치 채기 시작하셨죠? 그렇지만 마차 안의 어머니는 아직 아무것도 모릅니다. 그녀의 어머니 마음은 아들의 옆을 지나왔음에도 아무것도 예감하지 못하고 콜마에 갈 때까지 아무 말도 하지 않고 조용히 있었습니다. 시내로 들어가 여관에 들어가니 이미 한 무리의 사람들이 식탁에 앉아 있었습니다. 여행객들도 빈곳에 자리를 잡고 앉았을 때에 그녀의 가슴은 희망과 불안 사이에서 꽤나 조마조마하였습니다. 이제 아들의 소식을 듣게 될지도 모르잖아요. 아들을 아는 사람이 있는지, 아직 살아 있기는 한지, 또는 쓸 만한 사람이 되었는지 등을요. 그러나 차마 물어볼 용기를 내지 못하고 있었습니다. 왜냐하면 질문을 하고 나면 예라는 대답을 듣고 싶은 것이 사람 마음인데 아니라는 대답도 있을 수 있으니까요. 그녀 역시 사람들이 자기가 궁금해 하는 사람이 아들이고, 그가 중요한 사람이 되었길 바라고 있다는 것을 알아채리라고 생각했습니다. 마침내 종업원이 수프를 가져왔을 때 그녀는 슬며시 그의 코트를 잡고 물었습니다. "혹시 군대에 있는 이런 사람을 몰라요? 아니면 이렇고 이런 사람에 대한 이야기를 들은 적은 없어요?" 종업원이 "그 사람은 바로 여기 부대에 있는 우리 장군님입니다. 오늘 우리 집에서 점심을 드셨는데요." 하며 앉았던 자리를 가리켰습니다. 그러나 어머니는 그 말을 믿지 못하고 농담이라고 생각했습니다. 종업원이 주인을 불렀습니다. 주인이 말합니다. "맞습니다. 장군의 이름이 그렇습니다." 장교 한 사람도 말했습니다. "예, 우리 장군님입니다." 그리고 그녀의 이런저런 물음에 대답하였습니다. "예, 나이가 그쯤 되었습니다." "예, 그렇게 생겼습니다. 출생이 스위스 사람이고요." 그녀는 감격에 겨워 어찌할 바를 몰랐습니다. 그리고 말했습니다. "그 애가 제가 찾는 우리 아들이에요." 그녀의 순박한 얼굴에 뜻밖의 기쁨과 사랑이 그리고 부끄러움이 동시에 나타났습니다. 왜냐하면 그녀는 자신이 그렇게 많은 사람 앞에서 장군의 어머니가 되어야 한다는 것이 부끄러웠지만 그것을 숨길 수도 없었으니까요. 주인이 말했습니다. "그렇다면, 어머님, 우편마차에서 짐을 내리라고 해야죠.

제가 내일 아침 일찍 마차로 부대에 있는 아드님께 모셔다드릴게요." 다음 날 아침 그녀가 부대에 들어가 장군을 보았을 때, 정말 그녀의 아들이었습니다. 어제 그와 말을 주고받았던 젊은 여자는 며느리였고, 아기는 손자였습니다. 장군이 어머니를 알아보고 아내에게 말했습니다. "저 분이에요." 그때 그들은 서로 입을 맞추고 껴안았습니다. 어머니의 사랑과 자식의 사랑, 그리고 숭고함과 겸손함이 서로 섞여 눈물로 쏟아졌습니다. 이 훌륭한 어머니는 오랫동안 특별한 감동 속에 싸여 있었습니다. 오늘 자식들을 만나서이기보다 이미 어제 보았던 광경 때문이었습니다. 숙소로 돌아와서 여관 주인이 말했습니다. 어디서도 돈이 굴뚝을 통해 비처럼 쏟아지지는 않지만 훌륭한 어머니가 그리던 아들을 찾고 아들의 행복을 확인하는 것을 못 보느니 2백 프랑을 포기하고 말겠다고요. 그리고 여러분의 가정의 벗인 저도 말하겠습니다. 친구들과 가족들이 뜻밖에 다시 만나게 되는 것을 보고 기뻐하고, 거기에 미소 짓거나 감동해서 함께 울지 않을 수 없는 것은 인간의 마음에서 가장 아름다운 특성이라고요.

비밀 참수

란다우 시의 사형 집행인이 그해 6월 17일 아침에 '저희를 유혹에 빠지지 않게 하시고, 악에서 구하소서.'라는 주기도문의 6번째 기원을 열심히 했는지는 저는 모르겠습니다. 만일 그렇게 하지 않았다면 낭시 시에서 온 한 장의 메모는 가장 적합한 날에 온 것이라 하겠습니다. 메모에는 이렇게 적혀 있었습니다. "란다우의 사형 집행인께! 즉시 낭시로 오시되 큰 참수용 칼을 반드시 휴대하십시오. 무엇을 하게 될지는 나중에 알려드리고, 보수도 넉넉히 드리겠습니다."

이미 여행을 위한 마차가 대문 앞에 와 대기하고 있었습니다. 사형 집행인은 '그거야 내가 하는 일인데'라고 생각하며 마차에 올라앉았습니다. 낭시까지는 아직 한 시간이나 남았는데 해가 피처럼 붉은 구름 속으로 사라지자 내내 묵묵히 있던 마부가 "내일도 날씨가 좋겠네요."라고 했을 때 갑자기 무장을 한 건장한 남자 셋이 길가에 서 있다가 사형 집행인의 옆으로 올라와 앉고는 해를 끼치는 일은 없을 것이라고 약속을 하였습니다. "그러나 눈은 가리셔야 하겠소." 그리고 눈이 가려지자 "마부, 달려요!"라고 말했습니다. 마부는 달리기를 계속했고, 사형 집행인에겐 또 족히 열두 시간은 달리는 것 같았고 자신이 어디에 있는지 알 수가 없었습니다. 그는 한밤중의 부엉이 우는 소리를 들었고, 닭 울음 소리도 들었으며, 아침 기도를 알리는 종소리도 들었습니다. 갑자기 마차가 다시 멈췄습니다. 사람들은 그를 어떤 집으로 안내해서 마실 것과 실한 소시지 빵을 주었습니다. 그가 먹고 마셔 원기를 회복하자 사람들은 다시 집 안을 이리저리 데리고 다녔습니다. 문으로 들어갔다 나오고, 계단을 올라갔다 내려가고 하면서요. 사람들이 눈가림을 풀었을 때 그는 자신이 어떤 넓은 방에 있다는 것을 알았습니다. 그 넓은 방은 사방이 검은 천으로 가려져 있었고 탁자들 위에는 촛불이 켜져 있었습니다. 방 한가운데에는 가면으로 얼굴을 가린 한 사람이 목을 드러내고 의자에 앉았는데, 입에는 무엇을 물고 있는 게 틀림없었습니다. 말을 못하고 신음 소리만 내고 있었으니까요. 그리고 벽 쪽에는 검은 옷을 입은 여러 사람이 얼굴을 검은 베일로 가리고 서 있었습니다. 그러니까 사형 집행인은 그들을 다시 만나더라도 누구도 알아볼 수가 없으리라는 것이죠. 그들 중의 한 사람이 그에게 그의 칼을 넘겨주며 의자에 앉아있는 사람의 목을 베라는 명령을 하였습니다. 그때 가련한 사형 집행인은 마치 얼음처럼 차가운 물이 가슴까지 차 있는 곳에 서 있는 것 같았습니다. 그리고 말했습니다. 자신의 칼은 정의를 집행하는 도구인데 살인으로 모독할 수는 없다고 말입니다. 그러나 거기 있던 남자들 가운데 한 사람이 좀 떨어진 곳에서 그에게 권총을 겨누고 "할 거요, 말 거요? 명령대로 하지 않으면 당신은 란다우의 교회 탑을 다시는 못 볼 것이요." 그때 사형 집행인은 집에 있는 부인과 애들을 생각했습니다. "어쩔 수 없다면, 그래서 내가 죄 없는 사람의 피를 흘리게 한다면 책임은 당신들에게 있습니다." 하고 단칼에 불쌍한 사람의 목을 잘랐습니다. 일이 끝난 다음에 그들 중의 한 사람이 돈주머니를 주었는데, 거기에는 2백 두블론이 들어 있었습니다. 사람들은 다시 그의 눈을 가리고 마차로 데려갔습니다. 그를 데려왔던 바로 그 사람들이 다시 그를 데려갔습니다. 마침내 마차가 멈추고 마차에서 내려 눈가리개를 풀어도 좋다는 허락을 받았을 때 그는 다시 세 사람이 올라탔던 곳에, 낭시 쪽으로 한 시간 걸리는 곳의 란다우로 가는 길에 서 있었고 때는 밤이었습니다. 마차는 다시 서둘러 돌아갔습니다.

    이것이 란다우의 사형 집행인이 겪은 일입니다. 여러분의 가정의 벗은, 사형 집행인이 그렇게 냉혹한 방법으로 저 세상에 보낸 불쌍한 영혼이 누구인지를 말할 수 없어서 다행이라 생각합니다. 그럼요. 아무도 그가 누구였는지, 무슨 죄를 지었는지, 무덤이 어디인지 모릅니다.

비밀 재판

2만 개가 넘는 지붕 아래서 그렇게 많은 괴로움과 즐거움이 함께 하고 온갖 미덕과 악덕도 공존하는 그 도시 그 시절에 또한 경망하고 타락한 심장도 하나 뛰고 있었습니다. 그것도 지체 높은 젊은 남작의 비단옷 안에서요. 그 사람은 빚을 얻는 데나 그 빚을 갚지 않는 데에 도가 터 있었습니다. 얼굴과 몸이 그럴듯한 데다, 행동거지도 밉지 않고, 말도 유창하여, 자신이 가진 많은 돈이나 남에게 빌린 돈을 가리지 않고 흥청망청 썼습니다. 그는 그렇게 연약하고 순진한 여자들을 유혹할 수 있는 모든 수단을 가지고 있었고, 그렇게 하는 데에 어느 것도 아끼지 않았습니다. 적지 않은 여인의 눈물이 그를 고발하였습니다. 적지 않은 결혼과 가정의 명예와 평화가 그에 의해 파괴되었으나 그는 그것을 괘념치 않았습니다. 그랬습니다. 그는 너무도 뻔뻔해서 점잖은 사람들마저 그의 뜻을 따르는 것처럼 그들의 이름을 들먹이기도 하였습니다. 하지만 모든 일은, 더구나 나쁜 일은 언젠가 끝이 나게 마련이지요. 그가 한번 같은 방식으로 매우 고귀한 한 여인을 온 도시에 명예롭지 못한 소문 속에 빠뜨렸을 때―그녀 정말 고상하고도 당당했습니다―"이 인간이 이러고도 괜찮으면 안 되지." 하고 그녀가 진지한 얼굴로 말했습니다.

어느 날 저녁 그가 혼자서 마차를 타고 즐거운 저녁 모임으로 가고 있을 때―그가 어느 길로 다니는지는 알려져 있었죠―갑자기 한때의 무장한 사람들이 말을 타고 그를 둘러싸서는 자신들을 따라오라고, 그리고 복종하지 않으면 당장 찔러 죽이겠다고 몸짓으로 말하였습니다. 그 경망한 젊은이는 '친구들이 나에게 장난치는 거겠지' 생각하고 기꺼이 그들 중의 한 사람을 옆자리에 앉히고 고삐를 넘겨주었습니다. 또 기꺼이 자신의 눈을 가리게도 하고요. '그래 알았어, 어디로 데려가는지 내가 알아서는 안 된단 말이지. 눈가리개를 풀게 되면 나는 촛불과, 향기로운 꽃과, 고르고 고른 여인네들로 가득한 방에 나타나게 되고 여자들은 하나씩 내 품에 안긴다는 거지.' 상상은 자유라고 했던가요?

어떤 도시 앞에서 사람들이 다시 그의 눈가리개를 풀었습니다. 그러나 그는 거기가 어딘지 알지 못했습니다. 무장을 한 다른 사람들이 말없이 그리고 진지하게 그의 옆에서 말을 몰았습니다. 마침내 깊고 큰 도랑 위에 놓인 도개교를 지나 높고 두꺼운 성벽 사이의 좁은 문을 통해 황량한 성 마당을 지나 작은 창문들과 높은 탑과 성첩(城堞)이 있는 낡고 튼튼한 성으로 들어갔습니다.

이어 높은 탑의 좁은 나선식 계단을 올라가 두꺼운 철문까지, 그리고 문들을 통과하니 나타난 것은 황량한 감옥이었습니다. 이 불쌍한 악당은 어떤 기분이었을까요? 거기에는 잣나무 탁자 하나, 의자 하나, 거친 잠자리와 침침한 등불이 전부였고, 탁자 위의 해골은 그의 유일한 동료였습니다. 아무도 그와 얘기하지 않고, 한마디 말도 대답하지 않았습니다. 사람들이 그가 지나간 뒤에 도개교를 들어 올리고 큰 문 작은 문을 일곱 개나 잠글 때 오직 자물쇠와 빗장들 소리만 그의 귀에 요란하였습니다. 오직 얼굴을 가린 한 남자만이 한 통의 물과 한 덩어리의 검은 빵을 건네주며 말했습니다. "안으로 들어가." 박쥐들이 쉿쉿 거리고, 올빼미들은 높고 좁은 창문 앞에서 울고, 쥐들도 그가 아니라 빵 덩어리를 찾았습니다. 그때 갑자기 길고 날카로운 칼과 같은 무엇이 그의 심장을 찔렀습니다. 이것은 장난이 아니고 너무나도 엄숙하고 심각한 일일 수 있다는 것이었죠. 정답이었습니다.

다음 날, 동행했던 무장한 사람들이 다시 그를 불러내 말없이 그 좁은 계단을 내려가, 축축한 마당을 지나, 다시 다른 계단을 올라 긴 복도를 통과해서, 커다란 홀로 데려가 심문을 하였습니다. 그가 본 것은 사랑스러운 여인이나 아가씨들이 아니라 길고 검은 외투를 입은 열두 명의 남자들이었습니다. 그들은 반원을 이루어 앉았고 그들 중의 우두머리가 그의 성과 이름을 부르고 말했습니다. "귀하는 이 비밀법정에 순진한 젊은이들과 순결

한 여성들의 위험한 유혹자로, 여성들의 명예와 덕을 해친 악의적인 중상자로 고발되어 생사를 결정하게 되었습니다. 변명을 하던 안 하던 당신은 처형될 것이오." 겁에 질린 이 인간은 이에 대해 갖가지 이의를 제기하였습니다. 자신이 지금 누구 앞에 서 있는지 알지 못하며, 품행은 심판하는 게 아니라든가, 자기도 많은 사람들이 하는 일을 했을 뿐이라든가, 젊은 사람의 가벼움은 죽을죄가 아니라는 것 등을요. 그러나 재판관은 말했습니다. "당신이 지금 어디에 있으며, 당신의 생명을 결정하는 사람이 누구인지 아시오? 영원한 정의의 이름으로 모여서, 이미 당신이 아닌 다른 사람들에게도 법의 이름으로 심판해온 비밀법정이요." 하면서 그의 긴 죄의 목록을 열거하고 말했습니다. "당신의 행동이 당신의 말을 심판하고 있소." 그리고 이 말과 더불어 그는 다시 감옥으로 끌려가 밤까지 그의 분별과 그의 양심과 그의 후회에 내맡겨졌습니다. 그러나 밤에 다시 법정으로 끌려갔는데 그는 문에서부터 무릎을 꿇지 않을 수 없었습니다. 그러나 재판관은 말했습니다. "당신의 삶과 당신의 죄에 대한 판결은 이미 내려졌소." 그리고 자정이 지난 밤 한 시에 사형 집행인의 도끼에 참수되어 이승에서 저승으로 가야한다고 알렸습니다. 그때 그는 머리 위로 하늘이 천둥 비바람과 함께 무너지고, 발아래 땅이 꺼지는 것 같았습니다. 두려움에 가득 찬 그의 영혼이 하는 간청과, 기도와 저주까지도 막은 귀와 차디찬 심장에 막혀 소용이 없었습니다. 그는 횃불이 자신의 사형 기구를 비추는 마당을 지나 희미한 불이 켜져 있는 예배당으로 인도되어, 거기서 한 목사에게 고해하고 마지막 성사를 거행하여 죽음을 준비하였습니다. 문 옆에는 관이 놓여있었습니다. 종이 무서운 밤의 한 시를 알렸을 때 관은 단두대가 있는 곳으로 옮겨지고, 그는 자신의 관 뒤를 따라가고, 또 그 옆을 지나야 했습니다. 기도하는 목사의 말과 축복은 거의 듣지 못했고요. 무너지는 무릎 때문에 단두대까지 걷지도 못했습니다. 그러나 그가 눈을 가리고 목을 드러내 머리를 나무토막 위에 올려놓고 막 죽음의 도끼를 기다릴 때에 한마디 자비로운 음성이 들렸습니다. "사면!" 독자 여러분도, 안도의 숨을 내쉬셨죠? 그러나 불쌍한 죄인은 이미 정신이 나가서 사면이라는 말과 죽음의 일격을 구별하지 못하고, 그 말을 자신의 머리를 몸통으로부터 분리하는 소리로 믿었습니다. 이제 죽는다면 정말 그의 책임이 되겠죠? 왜냐하면 그는 자신에게 무엇이 일어났는지를 알지 못할 만큼 깊은 혼절에 빠졌거든요.

그러나 그가 한 시간 후에 다시 정신이 들어 눈을 떴을 때—만일 의식할 수 있었던 마지막 일이 한 시간 전에 머리를 잘렸다는 것이라면, 그래서 자신이 죽었다는 것 외에 아는 것이 없는데 살아있다면 그때의 감정은 틀림없이 묘하겠지요—그러니까, 이미 말한 바와 같이, 다시 눈을 떴을 때 그 나쁜 놈은 더욱더 놀랐습니다. 왜냐하면 그는 이제 아담한 방의 부드러운 침대에 누워 있었으니까요. 두 사람의 의사가 옆에 앉아서 기분이 어떤지를 물었습니다. 그들은 그에게 사혈을 하고 조심스럽게 원기를 돋우는 약을 주자 그는 달콤하고도 생기를 북돋우는 잠속에 빠졌습니다. 몇 시간 후 깨어났을 때 그는 완전히 원기를 회복하고 위장이 비었다는 것 이외에는 어떤 증세도 느끼지 못했습니다. 사람들은 그를 잘 차려진 맛있는 식사로 안내하고 몇 사람의 복면한 하인들이 그의 신분과 태생에 익숙한 대로 시중을 들었습니다.

식사 후에 법정 서기가 와서 그에게 두 번째 판결문을 읽어주고 문서를 주었습니다. "비밀법정은 마지막으로 그대에게 사면을 허락하며, 앞으로 그대의 삶에서 그대를 다시 법정에 부를 이유가 생기지 않기를 바란다. 앞으로 원치 않은 일이 일어나지 않도록 더 이상 죄를 짓지 않도록 조심하시라!" 마침내 다시 밤이 되고 그의 마차가 다시 움직였습니다. 똑같은 동행자들이 그를 똑같은 방식으로 똑같은 길을 달려 그를 붙잡아간 시내로 데려갔습니다. 그리고 그들이 밤 두시에 눈가리개를 풀어주자 그는 삼일 전에 끌려갔던 바로 그 장소에 와 있었습니다.

방탕한 젊은이는 자신의 죄에 대해 그렇게 보속(補贖)하여야 했습니다. 그는 어떻게 달라졌을까요? 그때부터 그는 열심히 살아 몇 년이 지나지 않아 재산을 다시 일으켜 세우고 모든 빚을 차례차례 갚아나갈 수 있었습니다. 어떤 순진한 여자도 그의 욕망 때문에, 어떤 여자의 명예도 그의 중상에 의해 위험에 빠지지 않았습니다. 일요일마다 미사에도 나갔습니다. 물론 예쁜 아가씨들을 유혹하기 위해서가 아니라 자신의 죄를 참회하고 건전한 마음을 가꾸기 위해서였지요.

마당에서의 점심

우리는 가끔 어떤 사람은 대하기가 너무 어렵다고 합니다. 때로는 아예 불가능하다고 불평하기도 하죠. 물론 그런 경우도 있습니다. 그러나 그런 사람들 중에 좀 별스러운 것에 불과한 사람이 적지 않습니다. 이런 사람들을 안팎으로 제대로 알기만 하면, 그리고 상황에 따라 제대로 그러니까 너무 자기 고집대로도 아니고 또 너무 순종적으로도 아니게 대할 줄만 알면, 이들을 쉽게 합리적으로 생각하게 만들 수도 있습니다.

한 하인이 자기 주인을 바꾸는 데에 성공한 일이 있습니다. 그는 가끔 주인을 어떻게 해도 만족시킬 수가 없었고, 자신의 탓이 아닌데도 많을 일에 책임을 져야 하곤 했습니다. 어느 날 주인이 기분이 몹시 상해서 집으로 돌아와 점심 식탁에 앉았습니다. 수프는 너무 뜨겁거나 너무 식었고, 아니면 충분히 뜨겁지도 충분히 식지도 않았습니다. 기분이 상한 상태였으니까요. 그래서 그는 그릇 하나를 음식이 들어있는 채로 집어 열린 창을 통해 마당으로 내던져버렸습니다. 이때 하인은 어떻게 했을까요? 그는 잠시 생각하더니 바로 식탁에 올려놓으려던 고기 요리를 내 것이냐 네 것이냐 하듯 냅다 마당으로 내던졌습니다. 그다음에는 빵을, 그다음에는 와인을, 그리고 마지막에는 식탁에 올려놓아 있던 모든 것들과 함께 식탁보를요. "야, 이 건방진 놈아! 도대체 뭐 하는 짓이냐?" 주인은 불같이 화를 내며 의자에서 벌떡 일어섰습니다. 그러나 하인은 아주 냉정하게, 그리고 침착하게 대답했습니다. "죄송합니다. 제가 주인님의 뜻을 잘못 알았나요? 저는 주인님이 오늘은 밖에서 식사를 하시려나 생각했습니다. 공기는 너무 상쾌하고, 하늘도 너무 파랗고 해서요. 보십시오. 사과나무에 얼마나 예쁘게 꽃이 피고, 벌들은 얼마나 즐겁게 점심을 하고 있는지!" 이번에도 뭘 내던졌을까요? 아닙니다! 주인은 자신의 잘못을 깨달았습니다. 그리고 아름다운 봄 하늘을 쳐다보고서 마음이 즐거워져 시중드는 하인의 재치 있는 생각에 슬그머니 미소를 지으며 그의 좋은 가르침에 진심으로 감사했습니다.

마지막 말

울름 시 근처의 도나우 강변에 부부가 살았습니다. 헌데 이들은 서로를 위해 태어나지도 않았고, 그들의 결혼을 하늘이 맺어준 것도 아니었나 봅니다. 여자는 낭비가 심하고 칼처럼 날카로운 혀를 가지고 있었습니다. 남자는 자신의 목구멍과 뱃속으로 들어오지 않는 모든 것에 인색했습니다. 남자는 여자를 헤픈 년이라 욕하고, 여자는 남자를 구두쇠라고 불렀습니다. 남자가 날마다 자신의 그 명예로운 이름을 얼마나 자주 듣느냐 하는 것은 그 자신에게 달려 있었습니다. 왜냐하면 그가 한 시간에 여자를 백 번 낭비밖에 모르는 "헤픈 년"이라고 하면 그녀도 남자를 똑같이 백 번 "이 구두쇠!"라고 했기 때문입니다. 그러니 마지막 말은 언제나 여자의 몫이었습니다.

한번은 그들이 잠자리에 들면서 다시 시작됐는데, 그게 새벽 다섯 시까지 계속되자 결국에는 너무 피곤해서 눈이 저절로 감기고 여자의 마지막 말은 혀 위에서 잠들려 하였습니다. 그래도 그녀는 손톱으로 자신의 팔을 꼭 꼬집고는 기어이 또 한 번 "이 구두쇠!" 하고 말았습니다. 이에 남자는 밭일과 집안일에 대한 생각을 깡그리 잊어버리고 집밖으로 달려 나갔습니다. 될 수 있는 대로 빨리. 어디로? 주막으로요. 뭐 하러? 뭘 했겠어요. 처음에는 마시고, 다음에는 카드를 하고, 마지막에는 고주망태가 되는 거죠. 처음에는 현금으로, 마지막에는 외상으로. 여자가 씀씀이에 조심하지 않고 남자가 벌어들이는 게 없으면 부부의 지갑은 구멍이 뚫린 거나 다름없게 됩니다. 꺼낼 게 없게 되니까요. 주막에서 마지막에 만취하였을 때 남자는 술값을 낼 수가 없어 주인은 그의 이름과 외상값 7굴덴 51크로이처를 칠판에다 적어놓았습니다. 그리고 집으로 돌아와 여자를 보자마자 "네 년한테서는 욕과 치욕밖에 얻을 게 없어, 이 헤픈 년아!" 하고 소리 질렀습니다. "주정뱅이 당신에겐 지겨움과 창피함밖에는 없단 말이야, 이 구두쇠야!" 하고 여자가 말했습니다. 그때 그의 가슴에서 시커먼 화가 솟구쳐 속에 있던 두 나쁜 것, 그러니까 분노와 취기가 함께 그에게 속삭였습니다. '이 짐승 같은 년을 도나우 강에다 던져버려!' 그는 그것을 두 번 말하게 하지 않았습니다. "기다려 봐! 이 헤픈 년! 내가 보여줄 게!" (이때 "이 구두쇠!"는 당연히 뒤따랐죠.) "네 년이 갈 곳이 어디인지." 그는 이렇게 말하면서 여자를 둘러메고 도나우 강으로 갔습니다. 그리고 여자가 입은 물속에 잠겼으나 귀는 아직 물 위에 있을 때 무자비한 남자는 다시 한 번 외쳤습니다. "이 헤픈 년!" 그러자 여자는 다시 한 번 물에서 두 팔을 내밀더니 오른쪽 엄지손가락의 손톱을 왼쪽 엄지손가락의 손톱 위에 눌렀습니다. 마치 어떤 쪼그만 동물을 죽일 때 하는 동작처럼요. 그것이 여자의 마지막이었습니다.

  옳고 공정한 것을 바라는 독자 여러분께서 그 잔인한 살인자가 아직도 살아있다는 말을 들으리라고는 생각하지 않으시겠죠? 그렇습니다. 남자는 집으로 돌아가 그날 밤 기둥에 자신의 목을 매었습니다.

부부싸움 처방

한 부부가 평화와 사랑 속에서 살고 있었습니다. 이따금 남편이 한 잔 걸치고 왔을 때 조그만 싸움을 벌이는 걸 제외하고는요. 그런 때는 한마디 말로 시작됩니다. 마지막에는 보통 푸른 멍으로 끝나게 되고요. 예를 들면 이렇습니다. 남편이 한마디 합니다. "마누라, 스프가 또 왜 이리 싱거워. 벌써 몇 번이나 말했잖아." 부인이 대답합니다. "나는 딱 좋은데요." 남편의 얼굴이 약간 붉어집니다. "그놈의 주책바가지 주둥이! 그게 서방님 말씀에 대한 여편네의 대답이야? 그러니까 내가 당신 입맛에 맞추어야 한단 말이야?" 부인이 대꾸합니다. "저기 부엌에 소금 통 있잖아요. 다음에는 당신이 직접 끓여 봐요. 아니면 잠자코 있던가." 남편 얼굴이 불같이 붉어지고, 스프 든 접시가 날아가 부인의 발 앞에 떨어집니다. "자, 당신이나 돼지죽 처먹어!" 이제 부인의 뚜껑이 열립니다. 마치 물방앗간에서 물막이를 터 물을 흘려보내면 방아가 돌기 시작하듯이 그녀는 남편에게 온갖 비방과 욕설을 퍼붓습니다. 어떤 남자도 듣고 싶지 않은 말들입니다. 더구나 여자로부터, 더더구나 자신의 아내로부터. 남편이 말합니다. "이제 아무래도 네 년의 등짝이 퍼렇도록 물푸레나무 몽둥이로 찜질을 좀 해줘야 할까보다."

부인은 그런 사랑싸움이 지겨워져서 목사를 찾아가 자신의 곤경을 이야기했습니다. 자상하고 영리했던 목사님께서는 바로 여자의 말대꾸와 욕설이 남편의 못된 행동에 책임이 없지 않다는 것을 알아채었습니다. "아마도 선임목사님이 당신에게 성수를 주지 않으신 모양이군요. 한 시간 후에 다시 나에게 오시오!" 하고 말했습니다. 그동안 목사는 깨끗하고 신선한 우물물을 대략 작은 맥주잔만한 작은 병에 담아 설탕을 조금 풀고 향긋한 냄새가 나도록 장미기름을 한 방울 떨어뜨렸습니다. 여자가 오자 목사는 병을 주며 "앞으로 이 병을 항상 몸에 지니고 있다가 남편이 주막에서 돌아와 욕을 하려거든 이 성수 한 모금을 입에 물고 있으세요. 남편이 풀어질 때까지. 그러면 남편의 못된 버릇이 더 이상 화로 폭발하지 않을 겁니다. 더 이상 매질도 없을 거고요." 여자는 목사의 충고를 잘 따랐습니다. 성수가 효력을 발휘한 셈이죠. 그 후 이웃사람들은 종종 말했습니다. "우리 이웃이 완전히 달라졌어. 더 이상 시끄러운 소리가 안 들린단 말이야."

모제스 멘델스존

모제스 멘델스존*은 유대교인으로서 별로 대단치 않은 상인을 돕는 점원이었습니다. 그러나 그 자신은 매우 경건하고 현명하여 학식이 높고 명망이 있는 사람들로부터도 인정과 사랑을 받았습니다. 그것은 옳은 일입니다. 왜냐하면 수염을 기른다고 수염이 자라는 머리를 평가할 수는 없기 때문입니다. 이 모제스 멘델스존은 무엇보다도 자신의 운명에 만족하는 사람이었다는 것을 다음 일화가 증명해 줍니다.

어느 날 한 친구가 그가 어려운 계산 때문에 애쓰고 있는 것을 보고 말했습니다. "여보시오, 모제스! 당신처럼 뛰어난 사람이 빵을 벌기 위해 당신 신발이나 닦아주는 게 마땅한 사람을 위해 일한다는 것은 부끄러운 일이오. 그 사람의 큰 몸뚱이가 생각하는 것이 당신 손가락이 생각하는 것에도 미치지 못하니 말이오."

---

* 독일 계몽주의의 중요한 인물이다. 레싱의 친구로 그의 《현자 나탄》의 모델이다. 한때 베를린에서 한 상인의 조수로 일했다.

만일 다른 사람에게 그런 생각이 떠올랐다면 그는 펜과 잉크를 몇 마디 저주와 함께 난로 속에 내던지고 즉석에서 주인에게 일을 그만 둔다고 했을 것입니다. 그러나 사려 깊은 멘델스존은 잉크병은 건드리지도 않고 펜도 얌전히 귀 뒤에 꽂은 채 친구를 조용히 쳐다보며 이렇게 말했습니다. "지금 이대로가 옳고, 현명한 섭리에 따르는 것이요. 왜냐하면 주인은 내 근무로 이익을 얻고, 나는 나대로 살 수 있으니까. 만일 내가 주인이고 주인이 내 직원이라고 해봐요. 나는 그가 필요하지 않을 것 아니요?"

물장수

파리에서는 물을 우물에서 길어오지 않습니다. 거기에서는 모든 것이 대규모이듯이 물도 거기를 관통하는 센 강에서 얻습니다. 그러니 사람들은 모두 자신들의 물장수가 있게 마련이죠. 그들은 물론 일 년 내내 물을 길어 날라 생계를 이어가는 가난한 사람들입니다. 우물물을 쓴다면 가축을 제외하고서라도 50만이 넘는 시민들을 위해서 정말 많은 우물을 파야 했을 것입니다. 또한 토양이 마실 만한 물을 품고 있지도 않아서 그것이 우물을 파지 않는 이유의 하나이기도 합니다.

두 물장수가 여러 해 동안 그렇게 매일 먹는 빵과 일요일에 마시는 한 잔 포도주를 벌었습니다. 또 언제나 번 돈의 약간을 떼어내어 함께 복권을 샀습니다. 복권을 사는 사람은 돈을 강에다 내다버리는 것입니다. 돈을 버리는 것이나 다름없으니까요. 그렇지만 이따금 수많은 사람들 가운데에 한두 사람에게 운 좋게 막대한 돈을 쥐어주기도 합니다. 그러면 거기다 나팔을 불어 다른 명청이들을 다시 유혹하고요. 어쨌든 우리의 물장수 두 사람이 당첨이 되었습니다. 받은 돈이 10만 리브르* 이상이었습니다. 둘 중의 한 사람은 자신의 몫을 집으로 가져가서 궁리했습니다. '어떻게 내 돈을 안전하게 투자하지? 이 돈을 그대로 유지할 뿐만 아니라 해마다 더 늘려 나중에 큰 부자가 되려면 일 년에 얼마씩 쓰면 될까?' 그리고 자신이 궁리한 대로 실천해서 지금은 엄청난 부자가 되었습니다. 가정의 벗의 한 친구가 그를 잘 알거든요.

다른 사람은 말했습니다. "나도 이 돈을 잘 써야지. 그러나 내 손님들을 포기하지는 않을 거야. 그건 바보 같은 짓이거든." 그는 3개월·예정으로 가정의 벗처럼 조수를 한 사람 고용했습니다. 그가 부자인 동안 일을 관리할 사람이죠. 왜냐하면 그는 이렇게 말했거든요. "3개월이면 나는 끝나." 이제 그는 가장 좋은 비단옷을 입었습니다. 그것도 날마다 다른 옷을, 날마다 다른 색깔로, 날마다 더 멋지게요. 그리고 날마다 이발사로 하여금 일곱 개의 곱슬머리 다발을 만들게 하고, 손가락 둘 높이의 가발을 썼습니다. 3개월 기한으로 멋진 집을 세내어, 자신과 자신이 초대하는 좋은 친구들과 음악을 연주하는 사람들을 위하여 매일 한 마리 소와 일곱 마리의 송아지, 두 마리 돼지를 잡게 하였습니다. 지하 창고에서 식당까지 하인들이 두 줄로 서서 병을 넘겨주고 받았습니

---

* 대혁명 후 프랑을 도입하기 전의 프랑스 은화.

다. 마치 화재 시 사람들의 양동이를 옮기듯이. 한 줄은 빈 병을 한 줄은 술병을요.

그는 파리의 땅을 결코 밟지 않았습니다. 연극 구경을 가거나 팔레 로얄 궁에 갈 때면 여섯 명의 하인이 그를 마차에 들어다 앉히고 또 밖으로 내렸습니다. 어디서나 그는 선생님이고, 남작님이고, 백작님이고, 전 파리에서 가장 현명한 분이셨습니다. 3개월이 지나기 3주전 그는 한 줌의 금화를 잡히는 대로 꺼내려고 돈궤에 손을 집어넣었을 때 궤의 바닥에 손이 닿자 말했습니다. "이런! 예상한 것보다 빨리 끝장이네." 그래서 그는 자신과 친구들을 위해 또 한 번의 즐거운 날을 마련하고, 돈궤에 남은 재산을 쓸어 모아 조수에게 주고 그와 이별을 하였습니다. 그리고 다음 날 다시 옛날의 직업으로 돌아가 지금은 전과 마찬가지로 물을 배달하고 있습니다. 다시 전과 마찬가지로 즐겁고 만족해하면서요. 그렇습니다. 그는 옛날의 그 동료에게도 배달합니다. 그리고 옛 우정을 생각해서 돈도 받지 않고요. 그리고 그를 웃어줍니다.

가정의 벗도 생각하는 게 있습니다만 말하지 않으렵니다.

생각이 깊은 거지

보통 거지들은 자신들이 받는 보시의 많고 적음에 따라 감사의 기원(祈願)을 달리 합니다. 다음의 거지는 그게 잘못된 것이라고 합니다. 그는 보시를 많이 한 사람에게는 하느님께 백배 보답을 받으시라고 합니다. 그러나 적게 준 사람에게는 천배, 더 적게 준 사람에게는 만배 받으라고 합니다. 그 이유를 묻자 이렇게 말합니다. "나는 모든 사람이 똑같은 선의지를 가지고 있다고 생각합니다. 그러니 적게 주는 사람은 가진 것이 적은 사람이지요. 그래서 나는 그에게 더 많은 보답이 있기를 기원하지 않을 수 없습니다. 많은 것을 가지고 있는 사람이 모든 것을 가지도록 하는 데에 나마저 기여할 수는 없는 일 아닙니까?

참을성

어느 날 한 프랑스 사람이 물 위에 놓인 다리 위로 말을 타고 지나가고 있었는데, 그 다리는 말을 탄 두 사람이 동시에 지나가기에는 너무 좁았습니다. 그때 다른 쪽에서 한 영국 사람이 역시 말을 타고 다리를 건너려 하였습니다. 그들은 결국 다리 중간에서 만나게 되었는데 아무도 비켜줄 생각이 없었습니다. "영국 사람은 프랑스 사람을 비켜가는 법이 없소." 영국 사람이 말했습니다. "아무렴!" 프랑스 사람이 응대합니다. "내 말이 영국 종이요. 내 말을 돌려 멋진 뒤태를 보여줄 기회가 없으니 이거 유감이요. 그러니 당신이 타고 있는 영국 말 더러 내가 타고 있는 영국 말에게 길을 비키라고 하시오. 어쨌거나 당신의 말이 내 말보다 어려 보이는데. 이놈은 루이 14세 때인 1702년에 전투에 참가했던 말이오." 그러나 영국 사람은 이 말에 별 인상을 받지 못했는지 심드렁하게 말했습니다. "난 기다릴 수 있소. 마침 오늘 신문을 읽기에 안성맞춤인 시간이군요. 당신이 비킬 마음이 들 때까지는." 그렇게 하며 그는 다리 위에 서 있는 말 위에서 영국 사람답게 차분히 주머니에서 신문을 꺼내 펼쳐서 한 시간을 읽었습니다. 그새 해님도 이 두 바보를 한없이 내려다보는 게 지겹다는 듯이 서산으로 기울었습니다. 한 시간이 지나 읽기를 끝낸 그가 신문을 접으며 프랑스 사람을 보고 말했습니다. "자, 어떻소!" 그러나 프랑스 사람도 냉정을 잃지 않고 대답했습니다. "여보, 영국 양반! 미안하지만 당신 신문 이리 좀 줘 보시오! 당신이 비켜줄 마음이 생길 때까지 나도 읽어 보게." 영국 사람이 상대의 참을성을 보자 말했습니다. "여보시오, 프랑스 양반! 내가 양보할 테니 이리 건너오시오!" 결국은 영국 사람이 프랑스 사람에게 길을 양보하였습니다.

여왕 만세

다리 위에서 말을 타고 영국 사람을 만났던 프랑스 사람만큼 잘 끝나지는 않았지만, 왕정시대에 다른 프랑스 사람이 다른 영국 사람과 어떤 주막에서 만났던 일이 있습니다.

한 영국 사람이 이미 반시간이나 주막의 한 구석에 말없이 조용히 앉아 의사가 올 때를 기다리고 있었습니다. 너무 초조하여 이빨이라도 깨물었을 텐데, 이미 그중의 하나가 구멍이 파이고 이따금씩 지독하게 아팠기 때문에 그럴 수도 없었습니다. 그때 갑자기 어떤 프랑스 사람이―가발공이었던가 봅니다―영국 사람이 앉아 있는 탁자로 건너와 동료들 앞에서 이 사람을 놀려주려고 했습니다. 영국 사람들은 멍청하고 소심하다고 생각했거든요. 그는 긴 대화를 시작했습니다. 영국 사람이 별 대꾸를 하지 않았음에도 그는 프랑스가 얼마나 부자이며, 얼마나 큰 나라인지, 그래서 좋은 말을 타고 여행을 하려 해도 아홉 달은 걸리고, 왕은 또 얼마나 공정하고 왕비는 얼마나 착한지 등을 자랑했습니다. 그러고는 말했습니다. "왕비님의 건강을 위해서 나와 한잔 건배하지 않겠소?" 그들이 술잔을 비웠을 때 프랑스 사람은 자신의 낡고 다 달아빠진 셔츠의 깃을 찢어발기고 말했습니다. "여왕님 만세! 신사 양반, 당신도 왕비님의 건강을 위해 셔츠 깃을 찢으셔야지. 나는 벌써 찢었으니까."라고 했습니다. "이런 빌어먹을! 당신 셔츠는 이미 쓰레기통에 들어갔어야 할 낡은 것이고 내 것은 방금 사온 새 것인데요? 아직 바느질할 때 생긴 열이 채 식지도 않았단 말이오." 그러나 가발공은 말했습니다. "여보시오. 나는 농담을 모르는 사람이오. 셔츠를 찢겠소? 아니면 나와 목숨을 걸고 싸우겠소?" 소동을 부릴 마음이 없었던 영국 나그네는 프랑스 사람처럼 셔츠 깃을 찢지 않을 수 없었습니다.

그러나 이때부터 그는 갑자기 다정해지고 말이 많아지더니 가발공에게 영국과 런던, 런던의 큰 교회 탑에 대해 많은 이야기를 하고, 탑 위에 올라가도 눈이 좋아야 눈 아래 도시를 제대로 볼 수 있다는 등의 말을 했습니다. 의사가 올 때까지요. 마침내 의사가 와서 나그네가 원하는 것이 무엇인지 물었을 때 영국 사람은 "수고스럽겠지만 여기, 요 어금니, 그러니까 세 번째 것을 영국 여왕님의 건강을 위해 뽑아 주세요, 선생님." 하고 부탁하고 나서는 가발공에게 말했습니다. "당신도 여기 앉아 꼼짝하지 마시오." 문제의 이가 뽑혀 나오자 그는 말했습니다. "수고스럽겠지만 이번에는 이 사람에게도 영국 여왕님의 건강을 위해 똑같은 이를 뽑아 주시오." 그리고 가발공에게도 말했습니다. "이제 당신도 하나를 뽑아야죠? 나도 뽑았으니까." 그러자 장난을 시작했던 남자에게서 장난기는 어느새 사라지고 얼굴이 새파래졌습니다. 물론 그게 어디 경우가 같으냐고 항의는 하였습니다. "당신 이는 충치로 토끼가 새끼를 낳을 수 있을 만큼 큰 구멍이 나 있었지만 내 이들은 쇠라도 씹을 만큼 건강하단 말이오. 납탄이 있으면 씹어서 동전이라도 만들어 보이겠소." 그러나 상대는 듣는 척도 하지 않았습니다. "여보시오. 나도 농담을 모르는 사람이오. 바로 지금 이빨을 하나 뽑겠소? 아니면 나와 목숨을 걸고 싸우겠소? 내가 당신을 문에 세워놓고 찌르면 칼이 한 자는 방으로 나올 텐데." 그때 가발공은 생각했습니다. '이빨 하나냐, 아니면 목숨이냐! 집에 있는 자식이 아홉이지. 아무래도 이가 낫겠지?!' 그렇게 해서 그는 어쩔 수 없이 이 하나를 뽑고, 그러고 나서 둘은 평화롭게 헤어졌습니다.

안전한 길

취한 사람도 머리를 굴리고 이따금 기발한 생각을 해내기도 합니다. 예를 들어 볼까요?

어떤 사람이 읍내에 나갔다가 집으로 돌아가면서 멀쩡한 길을 이용하지 않고 길옆으로 흐르는 시냇물 속을 걷고 있었습니다. 곤경에 처한 사람들을 마다하지 않고 도와주는 친절한 사람이 말했습니다.

"여보시오! 지금 물속을 걷고 있다는 걸 모르시오? 걷는 길은 여깁니다!"

그 사람은 평소라면 마른 길을 걷는 게 편하다는 걸 자기도 아는데 지금은 술이 좀 과해서 그런다고 했습니다.

"그러니까요. 제가 도와드릴 테니 얼른 물에서 나오세요!"

친절한 사람이 손을 내밀며 말했습니다. 그러자 취한 사람이 대답했습니다.

"그러니까 이렇게 가는 거라니까요. 그래야 내가 넘어지면 길

위로 떨어지게 될 거 아니에요. 길을 걷다가 넘어지면 어디로 떨어집니까? 시내로 떨어지잖아요."

이렇게 말하면서 손가락으로 이마를 톡톡 쳤습니다. 마치 그 속에 숨기운 말고도 다른 사람이 생각 못하는 뭔가가 들어있다는 듯이.

사과를 하긴 했는데

 어떤 사람은 남들이 정직한 사람이라고 불러주는데도 좋아하지 않으니 이상한 일입니다. 오히려 그것을 더 큰 욕으로 받아들인다니까요.

 두 남자가 같은 시간에 이웃 마을의 주막에 앉아 있었습니다. 그러나 둘 중의 하나는 이런저런 일로 평판이 좋지 않아 아무도 그 사람이 근처에 오는 것을 좋아하지 않았습니다. 그렇지만 법정에서는 아무도 그의 나쁜 점을 증명하지 못했습니다. 주막에 있던 다른 사람이 어쩌다 거기서 그와 다투게 되었습니다. 기분이 좋지 않은데다 한 잔 걸친 탓에 그에게 "너, 나쁜 놈!"이라고 말했습니다. 보통 사람이라면 기분이 좀 언짢더라도 그런 대로 끝냈겠지요. 그러나 그 사람은 그대로 있지 못하고 욕을 하며 나쁜 놈이라는 것을 증명하라고 요구했습니다. 그러다보니 한마디 말은 다른 말을 부르고 하다가 "너 사기꾼! 너 곡식 도둑놈!"이란 욕도 나왔습니다. 그는 이 말이 더욱 불만스러워 법정에 고발했습니다. 물론 욕을 한 사람은 곤란하게 되었죠. 그는 자신의 말을 취소하고 싶지는 않았지만 맞는다는 것을 증명할 수도 없었습니다. 그가 아는 사실에 대한 증인을 확보할 수 없었기 때문에요. 그래서 그는 정직한 사람에게 사기꾼이라 했다고 해서 일 굴덴의 벌금을 내고, 또 사과를 해야 했습니다. 그는 속으로 '이거, 비싼 술 마셨네!' 하고 생각했습니다. 그리고 벌금을 내며 물었습니다. "재판장님, 정직한 사람에게 사기꾼이라고 하면 일 굴덴을 벌금으로 내야한단 말이지요? 그렇다면 잘못 생각해서 아니면 다른 무슨 이유로 사기꾼에게 '정직한 사람'이라고 한다면 얼마를 내야 합니까?" 재판장은 웃음을 지으며 말했습니다. "그건 벌금이 없소. 모욕 받은 사람이 없지 않소?" 이러자 고발을 당한 사람은 돌아서서 고발을 한 사람을 보며 말했습니다. "이거 미안하게 되었소. 정직한 분! 너무 고깝게 생각하지 마시오, 정직한 분!" 상대방은 그 말을 듣고 그게 무엇을 의미하는지를 알아채고서 또 한번 소송을 시작하려 했습니다. 전보다도 더 큰 모욕을 당했다고 생각했으니까요. 그러나 재판장은 이미 그가 의심스러운 인간이라는 것을 알았는지 이제 그만 만족하고 돌아가라고 했습니다.

인간은 묘한 존재!

프랑스 왕이 시종으로부터 한 남자의 이름을 들었는데, 그 사람이 나이가 일흔다섯이 되도록 한 번도 파리 시내 밖으로 나가본 적이 없다는 것이었습니다. 그가 시골길이 어떠니, 들판의 곡식이 어떠니, 꽃피는 봄날이 어떠니 하는 것은 모두 귀로 들어서 아는 것뿐이었다는 거죠. 그러니 사람들이 세상이 이미 20년 전에 멸망했다고 해도 그는 믿었을 거라고요. 왕은 그 남자가 혹시 몸이 아픈지 아니면 너무 허약해서 그런지 물어보았습니다. 시종의 말은 그렇지 않다는 것입니다. "아닙니다. 그 사람은 물속의 물고기처럼 건강하답니다." 성격이 우울한 건 아니냐는 물음에도 "아닙니다. 밀밭의 새들처럼 활기찬 사람입니다." 식구가 많아 먹여 살리느라 그러냐는 질문에도 "아닙니다. 그 사람은 돈도 많습니다. 그냥 나가고 싶지 않아서 그렇답니다. 그러니까 궁금한 게 없는 사람이라는 것이죠."

이상하게 생각한 왕은 그를 데려오게 하였습니다. 프랑스 왕의 말인데 어련하겠습니까. 곧 실행이 되었습니다. 물론 왕의 말이라고 모든 게 이행되는 건 아니지만 어쨌든 이 명령은 그랬습니다. 왕은 이 사람과 이것저것에 대해서 이야기를 나눴습니다. 오랫동안 건강엔 문제가 없는지에 대해서도요. 그가 대답합니다. "그렇습니다. 폐하! 75년 동안 문제가 없었습니다." 파리에서 태어났느냐는 말에 "예, 폐하! 제가 어디 다른 곳에서 태어난다는 것은 생각할 수도 없습니다. 저는 아직 파리 밖으로 나가본 적도 없는 사람이니까요." "바로 그게 이상하단 말이요." 왕의 말입니다. "바로 그래서 그대를 부른 거요. 나는 그대가 여러 가지 수상한 성 밖 출입을 한다고 듣고 있단 말이오. 어떤 때는 이쪽 성문으로, 어떤 때는 저쪽 성문으로. 그대는 벌써 오랫동안 감시를 받고 있다는 것을 알고나 있소?" 그 남자는 이 말에 매우 놀라 변명하였습니다. 그건 틀림없이 이름이 같은 다른 사람일 거라는 따위의 변명을요. 그러나 왕은 말을 가로막으며, "더 이상 아무 말도 하지 마시오! 앞으로 그대는 나의 분명한 허락 없이는 파리 밖으로 나가는 일이 없도록 하시오."

진짜 파리 사람은 왕의 명령을 들었으면 그것이 꼭 필요한 것인지, 아니면 달리 방법이 있는 것인지 오래 생각하지 않고 그냥 시행합니다. 이 남자야 진짜 파리 사람이었죠. 집으로 돌아가는 길에 우편마차가 그의 앞에서 지나가자 그는 생각했습니다. "오! 마차를 타고 가는 당신들은 얼마나 행복한 사람들이오! 파리 밖으로 나갈 수 있다니." 집에 돌아온 다음 그는 다른 날이나 다름없이 신문을 읽었습니다. 그러나 이번에는 별로 관심을 끄는 일을 찾지 못합니다. 창문 밖을 쳐다봅니다. 갑자기 몹시 지루해집니다. 책을 읽습니다. 그것도 너무 단조롭습니다. 산책을 나갑니다. 연극을 보러 극장에, 술을 마시러 주점에 갑니다. 그 모든 것이 너무도 일상적입니다. 첫 번째 3개월이 그렇게 지나갔습니다. 두 번째 3개월도 그랬습니다. 술집에서 그는 옆 사람에게 여러 번 말했습니다. "여보, 그거 너무 심한 거 아니오? 75년을 계속해서 파리에서 살았는데 이제는 파리 밖으로 나가서는 안 된다니." 세 번째 3개월이 되자 마침내 그는 더 이상 견딜 수가 없어 날마다 허락을 받기 위해 알현을 신청했습니다. 날씨가 너무 좋아서, 오늘은 멋있게 비가 오는 날이라서, 등의 이유로요. 필요하다면 기꺼이 자신의 비용으로 한 명의 감시인을, 아니 두 명의 감시인을 동반해서라도 나가겠다고 하였습니다. 그러나 소용이 없었습니다.

그렇게 고통스럽게 보낸 일 년이 지나가는 바로 그 날, 그가 저녁에 집으로 돌아와서 화난 얼굴로 아내에게 묻습니다. "도대체 마당의 새 마차는 뭐요? 누가 나를 조롱하는 거요?" 아내가 대답했습니다. "여보! 사방으로 당신을 찾았어요. 임금님께서 저 마차를 선사하시고, 저것을 타고 당신이 원하는 곳 어디라도 가도 된데요." "정말!" 그는 찡그렸던 얼굴을 활짝 풀며 말했습니다. "폐하는 공정하신 분이라니까!" "정말 그래요. 우리 내일 시골로

소풍 가는 거 어때요?" 부인이 말했습니다. 그러자 남편이 냉정하고 차분하게 말합니다. "소풍은 무슨! 두고 봅시다. 내일만 날이 아니니까. 그리고 시골로 나가서 뭐하게? 파리는 시내 안이 제일 좋은데."

프리드리히 대왕과 그의 이웃

프로이센의 프리드리히 대왕은 베를린에서 8시간 거리에 아름다운 별궁을 가지고 있었는데, 즐겨 그곳에 머물렀습니다. 다만 바로 옆에 덜거덕 거리는 방앗간이 없었으면 더 좋았을 것입니다. 무엇보다 왕궁과 방앗간이 어울린다고 하긴 어려우니까요. 설사 방앗간에서 곱게 간 밀로 잘 구운 흰 빵은 궁전에서도 맛이 좋긴 마찬가지지만 말입니다. 게다가 대왕이 생각에 깊이 잠겨 있을 때 갑자기 방앗간 주인이 지엄하신 이웃을 고려하지도 않고 물길을 물방아로 돌려 대왕의 생각이 방아를 멈추게 하는 게 아니라 방아의 덜커덕 거리는 소리가 대왕의 생각을 멈추게 해버렸으니까요. 독자들께서는 이렇게 생각하시겠죠. "왕이라면 돈이 셀 수 없이 많을 텐데 왜 이웃의 방앗간을 사서 부셔버리지 않지?" 대왕은 이유를 알고 있었습니다. 왜냐하면 어느 날 방앗간 주인을 불러 그에게 말했거든요. "그대는 우리 둘이 서로 나란히 있을 수 없다는 걸 알겠지. 그러니 한 사람이 물러나야 하지 않겠는가? 내 궁전을 얼마 주고 사겠는가?" 방앗간 주인이 대답했습니다. "얼마나 받으시겠습니까? 이웃이신 대왕 폐하!" 대왕이 대답했습니다. "이 사람 묘한 사람이군. 그대는 내 궁전을 살만큼 돈이 있을 리 없지. 그러니 내가 방앗간을 살 수밖에. 얼마 주면 되겠는가?" 방앗간 주인의 대답, "폐하, 폐하께서도 제 방앗간을 사실만큼 충분한 돈을 가지고 계시지 않습니다. 팔 수 없으니까요." 대왕은 한 번 명령을 하고, 또 두 번 세 번 반복해보았지만 이웃은 자신의 말을 바꾸지 않았습니다. "방앗간은 팔 수 없습니다. 소인은 그 속에서 태어났듯이 그 속에서 죽으렵니다. 그리고 소인이 제 아버님께 물려받았듯이 제 후손들도 그것을 물려받고 그와 더불어 선조들의 축복도 물려받아야 합니다." 그때 대왕의 말이 심각해졌습니다. "그대는 내가 여러 말 할 필요가 없다는 걸 모르는가? 그대의 방앗간의 시세를 평가해서 철거해 버리도록 하겠다. 그때 돈을 받거나 말거나 마음대로 하여라!" 그러자 방앗간 주인은 놀라지도 않고 대왕께 대답했습니다. "폐하! 베를린의 고등재판소가 없다면야 그리 말씀하실 수 있겠습니다만." 그러니까 일을 재판으로 해결하겠단 말이죠. 대왕은 매우 공정하고 관대한 사람이었습니다. 그러니까 방앗간 주인의 대담하고 스스럼없는 말이 무례하다고 생각하지 않았다는 말입니다. 대왕은 그때부터 방앗간 주인을 그냥 두었을 뿐만 아니라 내내 그와 평화로운 이웃관계를 유지하였습니다. 독자 여러분들께서도 그런 이

옷에 대해 약간의 존경심은 가져도 되겠지요. 물론 그런 귀한 이웃에게는 좀 더 많게요.

펜자의 재단사

성실한 달력 제작자는 — 예컨대 여러분의 가정의 벗 같은 — 하느님으로부터 귀하면서도 즐거운 소명을 부여받았습니다. 다시 말하면 영원한 섭리가 큰 고난이 오기 전에 어떻게 도움을 주는지 보여주거나, 훌륭한 사람이 있으면 그가 어디에 숨어 있든 찾아내어 칭찬해 주는 일 따위 말입니다.

펜자의 재단사, 그 사람은 얼마나 대단한 사람인지! 그는 스물여섯 명의 도제들을 데리고 해마다 전 러시아 절반의 일을 맡아 합니다. 그것을 가능하게 한 것은 돈이 아니라 명랑하고 유쾌한 성격과 황금처럼 충실한 마음, 즉 멀리 아시아의 한가운데 피어난 독일인 피와 라인지방 사람의 친절함이었습니다.

1812년 러시아가 베레지나 강과 빌니우스*에서 잡힌 엄청난 포로들을 옮길 길이 모자랄 지경이었을 때, 길 하나가 이곳 라인

---

* 1812년 11월 라인연맹, 프로이센, 오스트리아 군을 포함한 나폴레옹 대군이 모스크바에서 퇴각하다 크게 패한 곳들.

지방에서 100일은 가야 도착할 수 있는 펜자를 통하고 있었습니다. 그곳에서는 아무리 정확한 독일이나 영국의 시계도—누가 가지고 있다면—서너 시간은 늦게 갑니다. 여기 유럽 쪽에서 볼 때 그곳 펜자에는 러시아의 아시아 지역 첫 번째 주 행정부가 있는 곳입니다. 포로들은 거기서 인계되어 다시 아시아의 더 깊숙한 낯선 곳, 기독교가 그치고 주기도문이 유럽에서 온 낯선 물건처럼 대접받는 그런 곳으로 이송되었던 것이죠. 어느 날 열여섯 명의 독일 사람들인 이곳 바덴 출신의 장교들이 프랑스 사람들과 섞여 그렇게 그곳에 도착하였습니다. 물론 나폴레옹 깃발 아래에 있던 사람들로 유럽에서의 전투와 방화로 기진하고, 병들고, 사지가 얼어터지고, 상처를 치료받지도 못하고, 돈도 옷도 없이, 거기다 따뜻한 한마디 위로의 말도 없이 도착한 것입니다. 이 지독한 나라에는 그들의 말을 이해하는 귀도 없고, 고통을 불쌍히 여기는 심장도 찾을 수 없었습니다. 서로가 절망적인 얼굴로 쳐다보며, "우리는 어떻게 되는 거지?" 또는 "언제 죽음이 우리의 비참함을 끝내주고, 누가 마지막 사람을 묻어주지?" 하고 있을 때 갑자기 그들은 러시아어와 카자흐어 가운데서 마치 하늘에서 들려오는 복음처럼 "여기 독일 사람은 없어요?" 하는 소리를 들었습니다. 그리고 그들 앞에 길이의 차이가 나는 두 다리를 딛고서 밝고 다정한 한 사람이 서 있었습니다.

그가 펜자의 재단사인 프란츠 안톤 에게트마이어로서 이곳 바덴공국의 브레텐 출신이었습니다. 그는 1779년 만하임에서 재단 일을 배웠지 않았겠습니까? 그 후 그는 편력을 떠나 뉘른베르크로, 그다음에는 페테르스부르크 방향으로 갔습니다. 바덴의 재단사들은 백일 거리를 예닐곱 번 정도 가는 것쯤은 그리 대단하게 생각하지 않잖아요? 물론 내면에서 그를 몰아대는 게 있어야겠죠. 페테르스부르크에서 그는 러시아 기병 연대에서 연대 재단사로 일하게 되었고 그들과 함께 모든 게 우리와는 다른 러시아의 낯선 세계로 말을 타고 따라갔습니다. 때로는 가위를, 때로는 칼을 휘두르면서요. 그러다가 펜자에서 민간인으로 정착하게 되었고, 지금은 그곳에서 인정받는 사람이 된 것입니다. 이 아시아 지방에서 유행에 맞는 세련된 옷을 입고자 하는 사람은 누구나 이 펜자에 있는 독일 재단사에게 갔거든요. 위엄이 있고 황제와도 잘 통하는 이곳의 주지사에게 요구사항이 있으면 좋은 친구가 요구하듯 그는 요구할 수 있었고, 서른 시간 거리에 떨어져 있는 사람이 불행이나 고통 때문에 이 펜자의 재단사에게 의논하면 필요한 것을 얻을 수 있었습니다. 위안이나 충고, 도움, 마음, 따뜻한 눈길, 잘 곳, 음식, 침대 등등, 돈을 제외한 모든 것을요.

오직 사랑과 헌신만이 부자인 이 사람에게 1812년의 전쟁터에서는 고귀한 기쁨을 한껏 얻을 수 있게 해주었습니다. 불쌍한 전쟁 포로들이 수송되어 올 때마다 그는 가위와 자를 내던지고 제일 먼저 광장으로 달려가서는 첫 번째로 하는 질문이 "독일 사람은 없습니까?"였습니다. 왜냐하면 그는 매일매일 포로 가운데서 고향 사람 만나기를 원하고, 그들에게 어떤 좋은 일을 할 수 있을까 기대했으니까요. 마치 엄마가 아기를 낳기도 전에 어떻게 사랑하고 어떤 먹을 것을 줄까 생각하듯이 보지도 않고 그들을 미리 사랑했던 것이죠. 이렇게 생각했습니다. "그들이 단지 요렇게 또는 저렇게 보이면," 또는 "그들에게 없는 것이 많을수록 내가 더 많은 것을 해줄 수 있을 텐데." 그러나 독일 사람이 없으면 프랑스 사람으로도 만족하고 다른 곳으로 이송될 때까지 힘닿는 대로 그들의 비참함을 줄여주었습니다. 그런데 이번에, 다름슈타트 사람들과 그 인근 지방의 사람들이 있는 곳을 향해서 "독일 사람은 없습니까?" 하고 소리쳤을 때는? 그는 두 번 물어야 했습니다. 왜냐하면 처음에는 놀라움과 불확실성 때문에 대답할 수가 없었고, 아시아에서의 달콤한 독일어가 그들의 귀에 하프소리처럼 들렸기 때문입니다. 그가 "독일 사람 많습니다."라는 말을 들었을 때는 한 사람 한 사람에게 어디서 왔는지를 물었습니다. 물론 북쪽의 메클렌부르크나 동쪽의 작센 사람이라고 해도 만족했겠지만요. 그런데 한 사람이 "라인 강변의 만하임에서" 왔다고 마치 그가 만하임이 어디 있는지 모르는 사람처럼 말하고, 다른 사람이 "브루히잘에서", 셋째 사람이 "하이델베르크에서", 네 번째 사람이 "고흐스하임에서" 왔다고 했지요. 그때 재단사의 온몸에 언 땅을 녹이는 따스한 봄바람과 같은 것이 지나갔습니다. "나는 브레텐 사람입니다." 브레텐의 프란츠 안톤 에게트마이어, 그의 아름다운 마음이 말했습니다. 마치 요셉이 이집트에서 이스라엘의 자손들에게 "나는 요셉, 당신들의 동생입니다."라고 한 것처럼. 그리고 기쁨과 우수와 성스런 향수의 눈물이 모두의 눈에 맺혔습니다. 그때 누가 더 기쁘고 감격하는지 말하기 어렵습니다. 재단사를 만난 그들인지, 그들을 만난 재단사인지. 이제 재단사는 귀한 고향 사람들을 의기양양하게 집으로 안내했습니다. 그리고 우선 빠르게 마련할 수 있는 대로 원기를 돋우는 음식으로 그들을 대접하였습니다.

그리고 서둘러 주지사에게 달려가 자신의 고향 사람들을 펜자에 머물게 해달라고 간청했습니다. 지사는 말했습니다. "안톤, 내가 언제 당신의 부탁을 거절한 적이 있소?" 이제 그는 시내를 돌아다니며 자신의 집에 자리가 없는 사람들을 위해 친구나 친지들에게서 제일 좋은 숙소를 골랐습니다. 그러고 나서 손님들을 하나하나 자세히 살펴보았습니다. 한 사람에게 말했습니다. "이봐요, 동향 사람! 당신의 흰 옷은 춥게 보입니다. 내 새 셔츠를 몇 개 찾아볼게요." 다른 사람에게는 "당신도 또 새 겉옷이 필요하겠군요." 세 번째 사람에게는 "당신 옷은 뒤집어서 수선하면 될 것 같소." 이렇게 모두에게 말했습니다. 당장 작업이 착수되었습니다. 스물여섯 도제들 모두가 밤낮으로 소중한 라인지방 사람들의 옷을 만들었습니다. 며칠 후에는 모두가 단정한 또는 새 옷을 입게 되었습니다. 선한 사람은 비록 곤경에 처해 있다하더라도 낯선 사람의 좋은 마음을 결코 이용하지 않습니다. 그래서 라인지방의 사람들은 그에게 말했습니다. "동향 아저씨, 잘못 생각하시는 건 아닌지요? 전쟁 포로들은 땡전 한 푼 가진 게 없습니다. 그러니 당신의 그 많은 경비를 어떻게, 그리고 언제 갚을 수 있을지 저희들은 모릅니다." 이에 재단사가 대답했습니다. "당신들을 도울 수 있다는 것만으로 나는 충분히 보상을 받았습니다. 제가 가지고 있는 모든 것을 이용하세요! 우리 집과 마당을 당신네 것이라고 생각하세요!" 마치 황제나 왕이 위엄을 갖추고 말하듯 이렇게 짧고 간단하게 말했습니다. 왜냐하면 제왕의 출생과 위엄뿐만 아니라 가정적인 겸손함도, 때로는 자신도 모르게 마음에 제왕의 말씀과 심성을 가지게 합니다. 이제 그는 어린아이처럼 즐겁게 그들과 자랑스럽게 시내를 돌아다녔습니다. 유감스럽게도 이 달력이 그가 고향 사람들에게 보여준 모든 일들을 이야기하기에는 시간도 공간도 충분치 않습니다. 그들이 만족하면 만족할수록 그렇습니다. 매일 그는 전쟁 포로의 불편한 상황을 덜어주고 아시아에서의 낯선 생활을 편안하게 할 새로운 방법들을 찾아냈습니다. 그리운 고국의 국경일이나 위인들의 탄생축일이 되면 바로 그날에 그 아시아 지방에서도 음식과 만세 소리와 불꽃으로 축하하였습니다. 다만 몇 시간 빠르게요. 왜냐하면 그곳에서는 시계가 잘못 가니까요. 독일에서 연합군이 진군이나 승리의 소식이 오면 재단사는 그 소식을 알고 애들에게—그는 그들을 애들이라고 불렸습니다—기쁨의 눈물을 흘리며 전달하는 첫 번째 사람이었습니다. 그만큼 그들의 해방의 날이 가까워지니까요. 한번은 고국에서 포로들을 지원하기 위한 돈이 도착했을 때 그들의 첫 번째 관심은 자신들을 돌봐준 은인에게 그 비용을 보상하는 것이었습니다. "애들아, 내 기쁨을 빼앗아 가지 말아다오!" 그들이 말했습니다. "에게트마이어 아버님, 우리 마음을 아프게 하지 말아주십시오!" 그래서 그는 약간의 돈을 받고 영수증을 써주었습니다. 단지 그들의 마음을 아프게 하지 않고 또 다시 그들을 즐겁게 하는 데에 쓰기 위해서요. 마지막 한 푼까지요. 그 돈의 용도는 따로 생각해 두었고요. 그러나 사람은 모든 일을 생각하지는 못합니다. 왜냐하면 마침내 석방의 시간이 오고 한없는 기쁨에 이별의 고통이 섞이고, 따가운 고통에 곤경이 더해졌으니까요, 왜냐하면 그 지독한 러시아의 겨울에 황량한 지역을 지나야 하는데 그 긴 여행에 필요한 필수품과 예비품을 준비하는 데에 필요한 모든 것이 모자랐으니까요. 그리고 러시아를 여행하는 동안 한 사람에게 매일 13크로이처가 주어졌지만 그것은 턱없이 모자란 것이었습니다. 그 때문에 평소 유쾌하고 명랑하던 재단사가 이 마지막 날 며칠은 마치 무슨 생각이 있는 것처럼 조용히 생각에 잠겨 돌아다니며 집에 머무는 시간이 많지 않았습니다. "무슨 고민이 있으신 게 틀림없어." 라인 지방 사람들은 생각했으나 무엇인지 알 수가 없었습니다. 그러던 그가 갑자기 기쁜 걸음으로, 그래요, 환한 얼굴로 돌아와서, "얘들아, 해결되었다. 충분한 돈이 생겼다." 무엇이었을까요? 그 착한 사람은 2천 루블을 받고 집을 팔았던 것입니다. "내가 잘 곳을 찾는 것은 문제 아니다. 문제는 너희들이 고생하지 않고 큰 모자람 없이 독일로 가는 것이다." 이렇게 말하였습니다. 오, 성스러운 복음의 말씀이 다시 살아났나 봅니다! "네가 가진 것을 팔아, 필요한 사람에게 주어라. 그러면 네가 천국에서 보물을 얻게 될 것이다." 이 사람은 언젠가 다음과 같은 소리가 들릴 때 저 위의 오른편으로 불려가게 될 것입니다. "그대 복 받은 이여, 이리 오라! 너는 내가 배가 고팠을 때 먹을 것을 주었고, 내가 헐벗었을 때 옷을 주었고, 내가 아프고 갇혔을 때 나를 돌봐 주었느니라." 다행히도 집의 매매는 다시 취소가 되어 착한 포로들에게는 큰 위안이 되었습니다. 그렇지만 재단사는 다른 방법으로 그들을 위해 수백 루블을 모아 비싼 러시아 모피 옷을 가져가게 하였습니다. 도중에 돈이 필요하거나 불행한 일이 생기면 팔아 쓸 수 있게 한 거죠. 이별 장면까지는 가정의 벗이 이야기하지 않으렵니다. 거기에 있었던 사람이면 누구도 그럴 수가 없을 것입니다. 그들은 수천 번의 축복과 소망과 감사와 그리고 사랑의 눈물 속에서 헤어졌습니다. 나중에 재단사는 이때를 일생에서 가장 고통스러웠던 날이었다고 말했습니다. 여행을 떠난 사람들은 도중에 끊임없이 그리고 또 언제나 펜자에 있는 그들의 아버지에 대해 이야기하였습니다. 그리고 폴란드의 비알리스톡에 무사히 도착해서 거기에 이미 와 있던 돈을 찾게 되었을 때 그들은 아버지가 마련해 준 여행비를 감사한 마음으로 돌려보냈습니다.

말이 말을 부르고

슈바벤 지방의 한 부자가 아들을 파리로 보내 프랑스 말도 배우고 좋은 풍속도 배우게 했습니다. 일 년쯤 지났나, 아버지 집 머슴이 파리로 그를 찾아왔습니다. 젊은 주인은 뜻밖에 머슴을 보자 놀랍고 기뻐서 소리쳤습니다.

"이 봐, 한스! 어떻게 된 거야? 집은 어때? 별일 없지?"

"별로 새로운 일 없어요, 빌헬름 도련님! 일 년 전 도련님이 친구로부터 받은 귀여운 까마귀가 열흘 전에 죽은 것 말고는요."

"아이고, 불쌍한 놈! 어쩌다 그렇게 되었어?" 빌헬름 도련님이 물었습니다.

"우리 그 멋진 말들이 차례차례 다 죽었을 때 그것들 썩은 고기를 너무 먹었나 봐요. 내가 그럴 거라고 했었는데."

"뭐라고?! 아버지의 백마 네 마리가 다 죽었다고? 어떻게 그런 일이?" 도련님이 또 물었습니다.

"그러니까 집과 창고에 불이 났을 때 물을 나르느라 고생을 너무 했나 봐요. 별로 도움도 안 됐는데."

"어찌 그런 일이! 그 멋진 우리 집이 불에 타버렸다고? 언제 그랬는데?" 도련님은 너무 놀라서 소리 질렀습니다.

"그러니까 도련님 아버님 장례식 때에 제대로 불조심을 하지 않아서요. 밤이라 횃불을 켜놓고 했거든요. 불꽃이 날아가서요."

"이 무슨 불행한 소식이란 말이냐!" 빌헬름은 너무도 슬퍼서 소리쳤습니다. "아버지가 돌아가셨다고? 그러면 내 누이동생은 어떻게 지내고 있느냐?"

"그러니까 도련님의 아버님이 화병으로 돌아가신 것은요, 도련님 누이동생 아가씨가 애기를 낳고 애기 아빠는 모르겠다고 했을 때요. 사내애에요."라고 말하고 머슴은 덧붙였다.

"그밖에는 별로 새로운 일 없어요."

바덴 보병과 사령관

다음 사건은 기억해 둘만한 일입니다. 이 일을 듣고 기뻐하지 않는 사람이 있다면 그는 별로 칭찬 받을 만한 사람이 아닐 겁니다.

지난 전쟁 때 프랑스 군과 그 동맹군인 라인연방군 대부분이 폴란드와 프로이센에 가 있을 때* 바덴의 보병부대 일부는 헤센의 헤르스펠트 시**에 주둔하고 있었습니다. 왜냐하면 나폴레옹 황제가 전쟁 초에 이미 이 나라를 점령했기 때문입니다. 그때 옛날이 더 좋았다고 생각하는 주민들에 의해 새로운 것에 저항하는 불법적인 활동들이 일어나곤 했는데 특히 헤르스펠트에서 그랬습니다. 그때 프랑스 장교 한 사람이 죽임을 당했습니다. 나폴레옹 황제는 많은 적들을 눈앞에 두고 싸우고 있었기 때문에 등 뒤에서도 적대 행위가 일어나 작은 불씨가 대화제로 확산되는 것을 그냥 두고 볼 수 없었습니다. 그렇게 헤르스펠트의 주민들은

---
* 나폴레옹이 프로이센과 러시아와 벌렸던 1806-7년의 전쟁.
** 독일의 중앙에 있는 작은 도시.

곧 자신들의 무모한 대담함을 후회해야 하는 원인을 제공했습니다. 왜냐하면 황제가 헤르스펠트를 철저히 약탈하고, 사방에서 불을 질러 도시를 잿더미로 만들어버리라고 명령했기 때문입니다. 헤르스펠트에는 많은 공장이 있고, 그래서 부자들과 멋진 집들이 많은 곳이었습니다. 사람의 마음을 가진 이라면 누구든 이제 이 불쌍한 사람들이, 아버지와 어머니들이 그 엄청난 소식을 접했을 때 어떤 상태에 빠졌을지 상상할 수 있을 것입니다. 자신이 가진 모든 재산을 한 몸으로 옮길 수 있는 가난한 사람도, 여러 대의 마차로도 옮길 수 없을 만큼 많은 것을 가진 부자 못지않게 충격을 받았습니다. 광장의 화려한 집들과 구석의 작은 집들도 불타고 나면 똑 같아 지니까요. 마치 공동묘지에서 부자나 가난한 사람이나 똑같아지는 것처럼.

그런데 엄청난 불행은 일어나지 않았습니다. 헤르스펠트에 주둔한 부대 사령관의 청원에 의해 벌이 많이 완화되었기 대문입니다. 물론 네 채의 집은 불태워져야 하긴 했지만 그 정도는 별 것이 아니었습니다. 그러나 약탈은 시행되어야 했는데, 그것은 충분히 가혹한 일이었습니다. 불행한 주민들은 이 마지막 결정을 들었을 때 너무도 놀라 모든 용기, 모든 감각이 마비되어 버렸습니다. 인정 많은 지휘관이 직접 그들에게 쓸데없이 비탄과 한탄만 하지 말고 남아 있는 짧은 시간을 이용하여 귀중한 것들을 재빨리 숨겨두라고 재촉하여야만 할 정도였습니다. 끔찍한 시간이 다가왔습니다. 북소리가 불쌍한 사람들의 비탄과 탄식의 소리를 불러왔습니다. 도망하는 사람, 절망하는 사람들로 혼잡한 거리를 통해 군인들이 집합 장소로 서둘러 모였습니다. 그때 용감한 사령관이 정렬한 바덴 보병부대 앞에 나서서 그들에게 먼저 주민들의 슬픈 운명을 실감나게 설명하였습니다. 그리고 나서 이렇게 말했습니다. "제군! 약탈은 이제부터 시작된다. 약탈을 하고 싶은 사람은 대오에서 나서라!" 그렇게 사령관은 말했습니다. 자, 이제 한 잔의 와인을 앞에 두고 있는 독자께서는 바덴 보병의 명예를 위해서 한 모금 하도록 하십시오. 아무도 대오에서 벗어나지 않았습니다. 단 한 사람도! 명령은 반복되었습니다. 신발 하나 움직이지 않았습니다. 사령관의 명령이 정말 약탈을 하라는 것이었다면 그 스스로가 나서야 하는 상황이 되었습니다. 그러나 그러기를 바라지 않는 첫 번째 사람이 바로 그라는 것을 이미 우리는 알고 있습니다. 그런 사실을 알았을 때 주민들은 마치 무서운 악몽에서 깨어난 것 같았습니다. 그들의 기쁨은 뭐라 말로 표현할 수가 없었죠. 그들은 즉시 사령관에게 대표를 보내 그러한 아량과 관용에 감사하고, 감사하는 뜻에서 큰 선물을 하였습니다. 그들이 무슨 선물을 하였는지는 모르겠습니다. 그러나 사령관은 선물을 거절하고, 선행은 돈으로 살 수 있는 것이 아니라고 했습니다. 그리고 이어 "다만 여러분을 기억하기 위해서 헤르스펠트 시와 오늘의 일이 새겨져 있는 은화 하나만 주십시오. 그리고 그것이 미래의

제 아내에게 전쟁에서 가져가는 제 선물이 될 것입니다." 1807년 2월에 일어난 일입니다. 어떻습니까? 한 번 더 읽어도 좋겠지요?

아버지와 아들과 당나귀

한 남자가 당나귀를 타고 집으로 가면서 아들은 옆에서 걸어가게 하였습니다. 한 나그네가 보더니 말했습니다. "아버님, 그러면 되나요? 어른은 타고 아이는 걷게 하다니. 당신의 다리가 더 튼튼하지 않소!" 그러자 아버지는 나귀에서 내려 아들이 타고 가게 하였습니다. 다시 한 나그네가 오더니 말했습니다. "애야, 그러면 되니? 너는 타고 가고 아버지를 걷게 하다니. 네 다리가 더 젊지 않으냐?" 그러자 이번에는 둘이 탔습니다.

그리고 얼마를 가자 세 번째 나그네와 마주쳤습니다. "이 사람들 정신이 있나?! 그 조그만 짐승에 두 사내가 타다니. 어디 몽둥이가 있으면 그냥 한 대씩 패서 내리게 하고 싶네." 그러자 두 사람은 당나귀에서 내려 셋이서 걸어갔습니다. 오른쪽과 왼쪽에는 아버지와 아들이, 그리고 가운데는 당나귀가.

네 번째 나그네가 오더니 말했습니다. "참 희한한 사람들이네. 둘이서 걷는 것으론 부족해요? 하나라도 타고 가는 게 조금

이라도 편하지 않아요?" 그러자 아버지는 당나귀의 앞발을 묶고, 아들은 뒷발을 묶었습니다. 그리고 길가에 있던 튼튼한 말뚝을 뽑아 당나귀 다리 사이로 집어넣고서는 어깨에 메고 집까지 갔습니다.

모든 사람의 비위에 맞추려다보면 이렇게 될 수도 있습니다.

오는 말이 고와야 가는 말도

뭔가 대단한 사람인 것처럼 보이나 예의는 별로인 한 남자가 음식점으로 들어왔습니다. 거기에 있던 손님들이 모두 그 앞에서 공손하게 모자를 벗었습니다. 다만 카드놀이하다 이웃에게 딴 점수 계산에 몰두하고 있던 손님만 그가 들어오는 것을 못 보았습니다. 그는 마침 하트 에이스를 만지면서 '52 더하기 11은 63이지' 하면서 여전히 대단한 사람처럼 보이는 이가 들어온 것을 알아채지 못했습니다. 새로 온 남자가 그에게 물었습니다. "이봐요! 당신 나를 뭐로 보시오?" 손님이 말하길, "훌륭한 분이시겠죠. 어떻게 되시는데요?" 남자가 말했습니다. "빌어먹을 놈!" 그때 카드를 만지던 손님이 탁자에서 일어나며 물었습니다. "선생님께서는 저를 뭐로 보십니까?" 낯선 남자가 말했습니다. "버릇없는 놈!" 이러자 손님이 말했습니다. "이 분도 빌어먹을 님이네! 우리 둘 다 서로 사람을 잘못 본 것 같군요." 다른 손님들도 세련된 옷 속에도 막돼먹은 인간이 들어있을 수 있다는 것을 알았을 때 모두가 다시 모자를 썼습니다. 다음부터 그 낯선 사람은 보다 품행에 조심하는 수밖에 없었습니다.

은수저

빈에서 한 장교가 '나도 레스토랑 "붉은 황소"에서 한번은 점심을 먹어봐야지' 하고 거기로 갑니다. 거기에는 어디나 마찬가지로 유명한 사람과 안 유명한 사람, 귀족들과 중산층, 정직한 사람과 못된 놈들이 있었습니다. 사람들은 누구는 많이 누구는 조금 먹고 마시고 하였습니다. 그리고 이것저것에 대해 이야기하고 토론하고 하였습니다. 예를 들면 모라비아 지방에 돌멩이 비가 내렸던 일이나 마생이란 프랑스 사람이 커다란 늑대와 혈투를 벌린 일 등에 대해서요. 하긴 독자들께서는 이미 알고 있는 일들이죠? 모두 다른 사람들보다 일 년 전에 제 달력에서 읽은 것들이니까요. 이제 식사가 거의 끝나가고 있었습니다. 어떤 사람들은 흥을 돋우기 위해 헝가리 포도주를 더 시키기도 하고, 어떤 사람은 약사가 환약을 만들 듯이 부드러운 빵조각으로 환을 만들기도 하고, 또 어떤 사람은 칼이나 포크 또는 은수저로 장난을 치기도 하였습니다. 그때 그 장교가 우연찮게 녹색 상의를 입은 사람이 은수저를 만지작거리는 것을 보았습니다. 그런데 갑자기 수저가 그의 소매 속으로 사라지더니 다시는 나오지 않는 것이었습니다.

다른 사람 같으면 '그게 나하고 무슨 상관이야?'라고 생각하고 조용히 앉았거나 또는 소동을 일으켰을 수도 있을 것입니다. 그러나 장교는 '나는 이 녹색의 수저 사냥꾼이 누구인지도 모르고, 무슨 귀찮은 일이 생길지도 모른다'고 생각해서 주인이 자리로 와서 음식 값을 받을 때까지 생쥐처럼 조용히 앉아 기다렸습니다. 주인이 와서 돈을 거둘 때야 그는 은수저 하나를 상의의 두 단추 구멍 사이에 꽂았습니다. 한 구멍으로는 안으로 다른 구멍으로는 밖으로. 마치 군인들이 전쟁터에서 수저는 있으나 수프가 없을 때 하듯이요. 장교에게 음식 값을 받던 주인은 그 코트를 보며 생각했습니다. '이 사람은 참 이상한 훈장을 달고 있네. 가제수프 전투에서 공을 세워 훈장으로 은수저를 받았나, 아니면 혹시 우리 은수저는 아닐까?' 이때 음식 값을 지불한 장교가 진지한 표정으로 말했습니다. "그런데 수저 값도 포함된 거 맞지요? 음식 값이 그만큼 비싼데." 주인이 말했습니다. "아직 그런 경우는 없습니다. 혹시 집에 수저가 없으시다면 주석 수저를 하나 드리지요. 그렇지만 은수저는 안 됩니다." 그때 장교가 일어서서 주인의 어깨를 치며 웃었습니다. "우리가 그저 장난 좀 친 것뿐입니다. 저하고 저기 저 녹색 옷 입은 분하고요. 녹색 선생님, 이제 소매에서 수저를 내놓으시죠. 나도 다시 내놓으렵니다."

수저 사냥꾼은 탄로가 났다는 것을, 정직한 눈이 자신의 정직하지 못한 손이 하는 짓을 보았다는 것을 알았을 때 '장난인 척하는 게 낫겠지.' 생각하고 마찬가지로 수저를 내놓았습니다. 그렇게 해서 주인은 자신의 물건을 찾았고 수저 도둑도 웃었습니다. 그러나 웃음은 오래 가지 않았습니다. 왜냐하면 다른 손님들이 그것을 보고 도둑을 욕하고 창피주고 문에서 몇 차례의 발길질을 하여 내쫓았고 주인은 하인에게 쫓아가 한 줌 재를 뿌리게 했기 때문입니다. 주인은 용감한 장교에게 한 병의 헝가리 포도주를 선사하며 정직한 사람들을 위해 축배를 들게 하였습니다.

가짜 보석

슈트라스부르크의 한 성문 앞에 누구든지 들어가 즐겁고 점잖게 돈을 쓸 수 있는 아름다운 공원이 있습니다. 거기에 세련된 옷을 입은 한 남자가 앉아서 포도주를 마시면서 손가락에 끼고 있던 비싼 보석이 박힌 반지를 햇빛에 비추며 반짝이게 하고 있었습니다. 그때 한 유대인이 오더니 말을 겁니다. "선생님, 손가락에 낀 반지의 보석이 정말 예쁩니다. 참 마음에 드는군요. 마치 사제 아론의 흉갑에 박힌 보석들처럼 반짝이고 있습니다." 세련된 옷의 나그네는 아주 짧고 단호하게 "그 보석은 가짜요. 그게 좋은 것이라면 내가 아닌 다른 사람의 손가락에 끼워 있을 거요." 유대인은 나그네에게 반지를 보여 달라고 요청하였다. 유대인은 반지를 받아 이리 뒤집고 저리 뒤집고, 머리를 오른쪽으로 돌리고 왼쪽으로 돌리고 하며 살펴보았다. '이 보석이 진짜가 아니라고?' 그럴 리 없다고 생각하며 나그네에게 반지 값으로 2두블론을 제안하였다. 나그네는 몹시 언짢아하면서 "내가 당신을 속이란 말이오? 보석이 가짜라고 이미 말하지 않았소?" 유대인은 반지를 전문가에게 보이게 해달라고 부탁하였습니다. 옆에 있던 한 사람이 "내가 이 사람을 보증하겠소. 반지가 그가 주장하는 만큼 가치가 있을 것이오." 나그네가 말했습니다. "나는 보증이 필요 없소. 보석은 가짜요."

바로 그때 그 공원의 다른 식탁에 여러분의 가정의 벗도 친구들과 함께 앉아 즐겁고 점잖게 그들, 즉 친구들의 돈을 쓰고 있었는데 친구들 중 하나가 보석을 잘 아는 금세공사였습니다. 그는 아우스터리츠 전투*에서 코를 잃은 한 군인에게 살색을 입힌 은으로 된 코를 붙여준 일이 있었는데, 문제가 없었습니다. 다만 살아있는 숨을 들이마실 수가 없었을 뿐이었죠. 그 친구에게 유대인이 건너오더니 "선생님, 이게 가짜 보석일 수가 있습니까? 솔로몬 왕의 왕관이라도 이보다 더 아름다운 것은 없었을 겁니다." 어설픈 점성가이기도 한 그 친구가 말했습니다. "마치 하늘의 황소자리 일등성처럼 빛나는군. 내가 이 반지를 90두블론에 팔아주겠소. 당신이 더 싸게 산다면 이문(利文)은 당신 것이오." 유대인은 다시 나그네에게 돌아가 "진짜든 가짜든 6두블론을 내겠습니

---

* 나폴레옹이 황제로 즉위하고 일 년 후인 1805년 12월 모라비아 (지금 체코에 있으나 당시에는 오스트리아 속했음)의 아우스터리츠에서 있었던 나폴레옹 군에 대항하여 러시아 및 오스트리아 군이 벌린 전쟁. 소위 3황제 전투라고 하는 이 전쟁에서의 승리로 나폴레옹은 유럽의 지배적인 세력이 되었음.

다." 하고 아주 반짝반짝하는 돈을 탁자위에 세어 놓았습니다. 나그네는 반지를 다시 손가락에 끼면서 말했습니다. "이 반지는 팔 게 아니라니까요. 어쨌든 이 보석이 당신이 진짜라고 생각할 만큼 잘 모조되었다면 나에게 좋은 일이오." 하며 욕심내는 유대인이 보지 못하도록 손을 주머니 속으로 감췄습니다. "8두블론 드리죠." "안 돼요." "10두블론요." "안 돼요." "12두블론—14—15두블론." 마침내 나그네가 말했습니다. "어쩔 수 없군. 당신이 그렇게 나를 귀찮게 굴면서 억지로 사기를 당하고 싶다면 그렇게 하시오. 그렇지만 나는 이 신사들 모두 앞에서 보석이 가짜라는 걸 분명히 말해 둡니다. 그리고 이제는 더 이상 아무 말도 안 하겠소. 더 이상 짜증내기 싫으니까. 자, 반지는 당신 거요." 그때 유대인은 몹시 기뻐하면서 반지를 친구에게 가져왔습니다. "내일 와서 돈을 받아가겠습니다." 아직 아무도 속여본 적이 없는 제 친구가 눈을 커다랗게 떴습니다. "여보시오, 이건 당신이 2분전에 내게 보여주었던 그 반지가 아니오. 이건 20크로이처도 안 줘요. 이런 것은 장크트 블라지엔 유리 공장에서 만들어져요." 그러니까 그 나그네는 처음에 손가락에 끼고 자랑했던 진짜 반지에 아주 비슷한 가짜 반지를 주머니에 가지고 있었던 거지요. 그리고 유대인이 그와 흥정할 때에 주머니에 손을 집어넣어 엄지손가락으로 진짜 반지를 빼고 가짜 반지를 끼었는데, 그 반지를 유대인이 받은 것입니다. 속아 넘어간 사람은 당장 마치 로켓을 탄 것처럼 나그네에게 달려갔습니다. "이런 망할! 이런 빌어먹을! 내가 속았어. 내가 멍청이야. 보석이 가짜였단 말이야." 그러나 나그네는 아주 냉정하게 그리고 침착하게 말했습니다. "나는 그게 가짜라고 하고서 팔았어요. 여기 이분들이 다 증인이고. 반지는 당신 겁니다. 내가 당신에게 사라고 졸랐소? 아니면 당신이 나에게 팔라고 졸랐소?" 거기에 있던 모든 사람이 인정했습니다. "맞아요. 이 사람은 보석이 가짜라고 하며 팔았고 반지는 당신 거라고 했소."

그렇게 해서 그 유대인은 반지를 가져야 했고 일은 그렇게 끝났습니다.

경건한 충고

아직 경험은 없으나 독실한 가톨릭 신자인 열여섯 살의 젊은이가 처음으로 부모의 곁을 떠나 여행길에 올랐습니다. 그는 처음 만나게 된 큰 도시의 다리 위에 멈춰 서서 좌우를 둘러보았습니다. 왜냐하면 이 도시처럼 다리의 위 아래로 집들이 이어져 있는 도시를 다시는 못 볼까 싶어서였습니다. 그가 오른쪽을 쳐다보았을 때 그쪽에서 한 신부님이 가톨릭 신자라면 누구나 무릎을 꿇어야 할 성물을 모시고 오고 있었습니다. 그런데 왼쪽을 쳐다보았더니 역시 다리의 다른 쪽에서 또 한 신부님이 가톨릭 신자라면 누구나 앞에 무릎을 꿇어야 할 성물을 모시고 오고 있었습니다. 둘은 벌써 가까이 와서 막 그의 옆을 지나려는 참이었습니다. 한 신부님은 이쪽 왼쪽에서 다른 신부님은 저쪽 오른쪽에서 같은 순간에요. 그때 불쌍한 젊은이는 어느 성체 앞에서 무릎을 꿇고 어느 성체에 기도와 사랑으로 인사해야 할지 몰랐습니다. 그러나 그가 고민 속에서 한 신부님을 쳐다보며 어찌 했으면 좋을

지 눈으로 묻고 도움을 요청하였을 때 신부님은 그 경건한 젊은 영혼에게 천사처럼 친절하게 웃으며 손을 들어 손가락으로 저 높고 햇빛 가득한 위를 가리켰습니다. 말하자면 저기 저 위에 계신 분께 무릎을 꿇고 경배하라는 것이었지요. 여러분의 가정의 벗은 그것을 존중하고 존경합니다. 비록 아직까지 한 번도 묵주기도를 한 적이 없습니다만. 만일 그랬었더라면 신교의 달력을 만들고 있지 않을 테지요.

제크링엔의 수습이발사

하느님을 시험해서는 안 됩니다. 물론 사람도 그렇지요. 지난 늦가을에 제크링엔이라는 마을의 여관 겸 음식점에 낯선 군인이 들어왔는데 수염이 덥수룩하고 이상하게 생겨서 호감이 가지 않는 사람이었습니다. 그 사람이 주인에게 먹고 마실 것을 주문하기 전에 말했습니다. "여기 내 수염을 깎아 줄 이발사가 있소?" 주인은 그렇다고 하고 이발사를 데려왔습니다. 이발사에게 군인이 말했습니다. "내 면도를 해주시오. 그런데 내 피부가 민감하니 조심하시오. 당신이 내 얼굴에 상처 없이 면도를 하면 4탈러를 주겠소. 그러나 만일 상처를 낸다면 찔러 죽여 버릴 것이오. 당신이 첫 번째로 죽는 사람은 아닐 것이오." 이발사가 그 말을 듣고 얼마나 놀랐는지 (왜냐하면 그 낯선 사람이 농담하는 것 같지 않고 식탁 위에는 이미 뾰족하고 차가운 쇠붙이가 놓여 있었으니까.) 바로 뛰어나가서는 신참 이발사를 보냈습니다. 군인은 똑같은 말을 그에게도 했습니다. 그 역시 그 말을 듣자 마찬가지로 기겁을 하고 도망가서는 견습생을 보냈습니다. 견습생은 돈에 욕심이 났습니다. "한번 해보는 거야. 잘 해서 상처를 내지 않으면 4탈러로 교회 축성식 때 입을 새 옷과 의료용 칼을 사야지.* 실패하면? 그땐 또 방법이 있겠지." 이렇게 생각하고 면도를 했습니다. 군인은 자신이 얼마나 위험한 상황에 처해 있는지도 모르고 차분하고 조용히 있었습니다. 그 대담한 견습생은 면도칼을 가지고 그의 얼굴과 코 주위를 여기저기 냉정하게 산책하였습니다. 마치 그게 4탈러와 생명이 걸린 게 아니라 6크로이처짜리 동전이나 또는 상처를 냈을 경우 한 조각 탈지면을 그 위에 붙이면 되는 것처럼요. 다행히 상처를 내지도, 피를 보는 일도 없이 군인의 얼굴에서 수염을 제거하였습니다. 그리고 끝났을 때 생각했습니다. "하느님, 고맙습니다." 군인이 자리에서 일어나 거울을 보며 수건으로 얼굴을 닦고 나서 젊은이에게 4탈러를 주면서 말했습니다. "젊은이, 자네 주인도 젊은 이발사도 도망을 갔는데 도대체 어떻게 면도를 할 용기를 나던가? 상처를 냈다면 자네를 찔러 죽였을 것이네." 견습생은 적잖은 액수의 돈에 웃으며 감사드리고 나서 말했습니다. "손님은 저를 찌르지 못했을 겁니다. 손님이 움찔하여 얼굴에 상처가 났다면 제가 먼저 나서서 손님의 목을 자르고 도망갔을 테니까요."

---

* 당시 이발사들은 외과의를 겸하고 있었음.

그 낯선 남자가 그 말을 듣고 자신이 처했던 위험을 생각하자 그만 놀람과 죽음에 대한 두려움 때문에 얼굴이 창백해졌지만 젊은이에게 따로 1탈러를 주었습니다. 그리고 그 후에는 어떤 이발사에게도 이렇게 말하지 않았습니다. "내게 상처를 낸다면 당신을 찔러 죽이겠어."

세 도둑

독자 여러분, 미리 말씀들이건대, 다음 이야기들에 나오는 것들을 모두 사실이라고 믿지 마십시오. 그렇지만 멋있는 책에 실려 있는 재미있는 이야기인 것만은 틀림없습니다. 운문으로도 옮겨져 있답니다.

(춘델)하이너와 (춘델)프리더 형제는 이미 아우어바하 시의 교수대 밧줄과 깊은 인연을 맺은, 그러니까 교수형을 당한 애비로부터 물려받은 뛰어난 손재주 실력을 어려서부터 유감없이 발휘하였습니다. 학교 동창인 빨강머리 디터도 같이 어울렸는데, 나이는 그가 제일 적었습니다. 그러나 이들은 사람을 죽이거나 해하는 짓은 하지 않았습니다. 그저 밤중에 남의 닭장을 방문하거나 또 기회가 닿으면 부엌, 지하실, 곳간 등도 찾아갔지요. 물론 즐겨 찾은 것은 돈궤였습니다. 장터에서는 물건도 언제나 제일 싸게, 그러니까 공짜로 구했습니다.

그리고 훔칠 것이 없을 때면 자기들끼리 서로 갖가지 문제를 내어 장난과 모험을 하였습니다. 그러니 손재주가 더욱 늘 수밖에요. 한번은 하이너가 숲에서 큰 나무의 높은 가지에 새 한 마리가 둥지를 틀고 앉아 있는 것을 보았습니다. 그리고 그놈이 틀림없이 알을 품고 있다고 생각한 그는 다른 둘에게 물었습니다. "저 위에 새 둥지 있지? 거기서 새가 모르게 알들을 가져올 수 있어?" 프리더가 나섰습니다. 마치 고양이처럼 살금살금 올라 아무도 알아채지 못하게 새둥지에 다가가더니 둥지 아래에서 천천히 작은 구멍을 내어 떨어지는 알들을 하나씩 손에 받고 나서 다시 마른 이끼로 구멍을 막아 놓고 알을 가지고 내려왔습니다. 그리고는 물었습니다. "이제 알들을 다시 둥지에 갖다놓을 수 있는 사람? 물론 새가 모르게." 이번에는 하이너가 나무에 올라갔는데, 프리더도 따라 올라갔습니다. 하이너가 천천히 새들이 모르는 사이에 알들을 다시 둥지에 집어넣었습니다. 그런데 그동안 프리더는 하이너의 바지를 천천히 벗겼습니다. 하이너가 모르게요. 당연히 웃음보따리가 터졌지요. 다른 두 사람이 말했습니다. "프리더가 한 수 위다"라고. 그런데 디터는 이렇게 말하면서 그들을 떠났습니다. "이제 난 너희들과 같이 하지 않을래. 어쩌다 잘못 걸리면 그땐 끝장이야. 너희들은 어쩔지 모르지만 나는 걱정돼." 그리고 다시 착실한 사람이 되어 아내와 가정에 충실하고 부지런히 살았습니다.

둘이 말 시장에서 말 한 마리를 훔치고 나서 얼마 되지 않았을 때인 그해 말에 그들은 다시 한 번 디터를 찾아가 어떻게 지내는지 물었습니다. 사실은 디터가 돼지 새끼를 한 마리 잡았다는 소문을 들었기 때문에 그걸 어디다 보관해 두었는지 살펴보기 위해서였습니다. 돼지는 통째로 벽에 걸려 있었습니다. 그들이 떠나자 디터가 아내에게 말했습니다. "여보, 마누라! 돼지를 부엌으로 가져다 함지박으로 덮어놔야 되겠어. 잘못하다 내일이면 우리 것이 아닐지도 몰라." 정말 그날 밤 도둑들이 찾아왔습니다. 디터는 이상한 낌새를 느끼고 일어나서 집 주변을 둘러보러 나갔습니다. 그 사이 하이너가 다른 편의 열려진 문을 통해 집으로 들어갔습니다. 그러나 노렸던 물건이 있던 자리에 없다는 것을 확인하고 곧 디터의 아내가 누어있는 침실로 들어갔습니다. 그리고는 남편의 목소리를 흉내 내어 말했습니다. "마누라, 돼지가 광에 없네?" 그러자 디터의 아내가 말했습니다. "정신이 그렇게 없어요? 당신이 부엌으로 옮겨 덮어놓았잖아요." "아참 그렇지! 내가 잠이 덜 깼나 봐." 하이너는 바로 부엌으로 나가 돼지를 둘러메고 밖으로 나왔습니다. 그리고 어두운 밤이라 프리더가 어디 있는지를 알 수 없었기 때문에 숲속의 약속한 장소로 오겠지 생각하고 혼자 그리로 갔습니다.

다시 집 안으로 들어온 디터가 돼지가 없어진 것을 알고 소리 질렀습니다. "마누라, 그 불한당 같은 놈들이 돼지를 훔쳐갔어!" 그리고는 도둑들을 쫓아갔습니다. 하이너는 이미 꽤나 멀리 가 있었지만 그래도 따라잡을 수가 있었습니다. 그가 혼자라는 것을 알았을 때 프리더의 목소리를 흉내 내어 말했습니다. "형, 힘들지? 이제 내가 매고 갈게." 하이너는 동생으로 믿고 돼지를 넘겨주고서는, 먼저 가서 불을 피울 생각으로 서둘러 앞서 갔습니다. 물론 디터는 바로 '뒤돌아 갓' 하고 속으로 말했습니다. "돼지야, 다시 널 찾았다."

그동안에 프리더는 어두운 밤이라 좀 헤매다가 숲속에서 불이 피워진 것을 보고 그리로 왔습니다. "형, 돼지는 가져왔어?" 하이너가 되물었습니다. "아니, 너에게 넘겨줬잖아?" 둘은 놀라 눈이 휘둥그레지면서 서로를 쳐다보며, 쓸데없이 불 피우는 수고만 하였음을 알았습니다.

디터의 부엌에서는 불이 그만큼 기분 좋게 활활 타고 있었습니다. 집에 도착하자마자 그는 돼지를 부위별로 갈라 굽기 시작하였기 때문입니다. 디터가 말했습니다. "마누라, 배가 고파. 그리고 우리가 제 때에 먹지 않으면 그 불한당 같은 놈들이 다시 훔쳐가고 말거야!" 그러다 그는 구석에 누어 잠시 눈을 부치고 그의 아내가 쇠꼬챙이로 고기를 뒤집으며 구웠습니다. 그런데 남편이 자면서 깊은 한 숨을 쉬어 잠시 그쪽으로 눈을 돌렸습니다. 그 때 끝에 갈고리가 달린 나무 막대기가 굴뚝을 통해서 내려오더니 제일 큰 조각을 낚아채 갔습니다. 남편이 점점 더 불안하게 신음 소리를 내자 착한 아내는 더욱 관심을 남편에게 두고, 그 사이에 막대는 두 번째로 내려왔고, 마침내 "여보, 이제 상을 차릴까?" 하고 남편을 깨웠을 때에는 불판은 텅 비어 있었습니다. 밤중에 불 피우는 헛수고만 한 셈이었습니다. 둘은 할 수 없이 고픈 배를 안고 다시 잠자리로 가, "제길, 악마가 훔쳐가려 하는 데야 별 수 없지!" 하고 생각하고 있을 때 그 도둑들은 다시 지붕에서 내려와 벽 틈을 통해 집안으로 들어오고, 다시 방으로 들어와 그들이 훔쳐갔던 것을 다시 갖다 내놓았습니다. 이제 즐거운 시간이 시작되었습니다. 그들은 먹고 마시고 농담하고 웃음보따리를 터뜨리며 마치 이것이 마지막 잔치임을 알았던 것처럼 즐겼습니다. 그러나 그것도 달이 서산에 기울고 동네 닭들이 두 번째 울고, 멀리 푸줏간 집 개 짓는 소리가 들릴 때까지 뿐이었습니다. 왜냐하면 디터의 아내가 "이제 눈 좀 붙여야죠!"라고 했을 때 포졸들이 들이닥쳐 말 절도죄로 하이너와 프리더를 교도소로 끌고 갔기 때문입니다.

춘델 형제가 디터를 또 한 번 골탕 먹이다

춘델하이너와 춘델프리더가 감옥에서 나오자마자 하이너가 동생 프리더에게 말했습니다. "프리더, 디터를 한 번 찾아가 봐야하지 않겠어. 안 그러면 우리가 여전히 감방에 처박혀 있는 줄로 알 거 아냐!" "그래, 한 번 골탕 먹입시다. 그리고 누가 그랬는지 알아채나 보자고."

얼마 후에 디터는 발신자가 적혀 있지 않은 편지를 한 장 받았는데 내용이 이랬습니다. "디터, 오늘 밤 조심하게나. 어떤 친구들이 내기를 했는데 말이야, 한 사람이 자네 부인에게서 자네 부부가 깔고 자는 침대보를 얻어 올 수 있다는 거야. 자네는 결코 그걸 막을 수 없다면서 말이야." 디터가 생각했습니다. "이거 웃기는 친구들 아냐? 한 놈은 침대보를 얻어낼 수 있다고 내기하고, 한 놈은 다른 놈이 내기에 이기지 못하도록 몰래 알려주고 있잖아! 하이너와 프리더가 감방에 있다는 걸 몰랐다면 그들이 이놈들이라고 믿었을 거야."

밤이 되자 두 장난꾼은 삼밭을 통해 디터의 집으로 접근하였습니다. 하이너는 사다리를 디터네 안방 창에다 세우면서 안에서 충분히 알아챌 수 있도록 소리를 내었습니다. 그리고 올라가서는 짚으로 속을 채운 허수아비를 머리 위로 들어 사람처럼 보이게 하였습니다. 디터는 방 안에서 사다리가 창에 세워지는 소리를 들었을 때 살그머니 일어나 묵직한 몽둥이를 들고 아내에게 이렇게 말하면서 창가에 섰습니다. "이게 제일 좋은 무기지. 언제라도 장전된 상태거든." 그리고 허수아비 머리가 올라오는 것을 보자 재빨리 창문을 열고 몽둥이를 힘껏 내리쳤습니다. 그때 하이너는 허수아비를 아래로 떨어뜨리면서 '억'하고 비명을 질렀습니다. 한편 프리더는 그동안 현관문 기둥 뒤에 숨어 있었습니다. 디터는 비명 소리가 들린 후 갑자기 사방이 완전히 고요해지자 아내에게 말했습니다. "마누라, 이거 아무래도 뭐가 잘못된 것 같아. 내려가서 살펴보아야겠어." 그가 현관문을 열고 밖으로 나오자 기둥 뒤에 숨어 있던 프리더는 재빨리 집으로 들어가 침실로 갔습니다. 그리고 디터의 목소리를 흉내 내어 매우 걱정스러운 듯이 말했습니다. "여보, 그놈이 완전히 뻗어버렸는데, 꼭 이장 아들인 것 같아. 빨리 침대보를 벗겨 줘. 저놈을 싸가지고 숲으로 옮겨다 묻어버려야겠어. 잘못하면 감옥 가게 생겼어." 디터의 아내는 놀라 벌떡 일어나 침대보를 벗겨 넘겨주었습니다. 그가 사라지자 곧 진짜 남편이 들어오더니 아주 안도해서 말합니다. "여보, 어떤 실없는 장난꾼이었나 봐. 도둑은 짚으로 된 허수아비였어." 그러나 아내가 놀라 물었습니다. "당신 그럼 침대보는 어떻게 했어?" 정말 그녀는 맨 매트리스 위에 누워 있었습니다. 그때야 디터는 상황을 짐작했습니다. "이건 프리더와 하이너가 틀림없어. 이 망할 놈들 같으니!"

집으로 가는 도중에 프리더가 형 하이너에게 말했습니다. "형, 이제 이런 짓은 그만두자! 감방에서 받는 것이 제대로 된 것이라곤 하나도 없었잖아. 몽둥이찜질 말고는. 창밖으로 내다보이는 큰길에는 사람 매다는 나무도 서 있고." 이렇게 해서 프리더도 이제 다시 얌전해졌습니다. 그러나 하이너는 말합니다. "나는 아직 그럴 생각 없어."

하이너와 브라센하임의 방앗간 주인

어느 날 하이너는 매우 쓸쓸하게 주막에 앉아서, 먼저 디터가, 다음에는 동생이 떠나버려 이제 혼자뿐임을 절절히 느끼며 이런 생각을 하고 있었습니다. '이제는 믿을 사람이 아무도 없군. 믿을 만한 사람이라고 생각하면 곧 배반한다니까.' 그러는 사이에 몇 사람이 주막으로 들어오더니 해포도주를 마시며 이야기를 나누는 것이었습니다. 그중 한 사람이 말하기를, "자네들 알고 있어? 춘델 하이너가 이 지방으로 넘어와서 내일은 전 경찰들이 그를 찾으러 나선대. 관청에선 비상이 걸렸고." 그 말을 듣고 하이너는 눈앞이 캄캄해졌습니다. 누군가나 자신을 알아보고 고발할지도 모르기 때문이죠. 그러나 다른 사람이 말했습니다. "그거 다 헛소문이야. 하이너가 동생하고 볼펜슈타인 감옥에 들어가 있는 거 몰라?" 그때 저쪽에서 혈색 좋은 뺨과 작지만 마음씨 좋아 보이는 눈을 가진 브라센하임 마을의 방앗간 주인이 살찐 백마를 타고 왔습니다. 그는 주막으로 들어가 포도주를 마시고 있던 동료들과 같이 건배를 하고 그들이 춘델하이너에 대해 하는 이야기를 듣고서 말하였습니다. "춘델하이너에 대한 이야기는 나도 정말 많이 들었소. 한번 만나보고 싶을 지경이요." 그러자 다른 이가 말했습니다. "너무 빨리 만나게 되지 않도록 조심하는 게 좋을 거요. 그가 다시 이 지방에 나타났다는 말이 있으니까." 혈색 좋은 방앗간 주인은 "그러라지 뭐, 프리드슈타트 숲은 한낮에 통과할 거고, 그러고 나면 바로 한길인데 뭘. 무슨 일이 있으면 말을 달려 도망가면 되지."

하이너는 이 말을 듣자 바로 여주인에게 가 계산을 하고 프리트슈타트 숲으로 갔습니다. 도중에 짐수레를 타고 가는 절름발이를 만나게 되자 그에게 말했습니다. 당신 목발을 팔지 않겠소? 마침 왼쪽 발을 삐어서 디딜 때면 아파 견딜 수가 없군요. 당신은 다음 마을에서 내려 목수에게 새 것을 사시구려." 그는 그렇게 목발을 구했습니다. 조금 후에 술에 취한 군인 둘이 노래를 부르며 그의 옆을 지나갔습니다. 하이너는 프리트슈타트 숲에 도착하자 목발을 큰 나무의 높은 가지에 던져 걸어놓고는 거기서 예닐곱 걸음 떨어진 길가에 마치 다리가 마비된 것처럼 왼쪽 발을 바짝 잡아당겨 앉아 있었습니다. 그때 저쪽에서 방앗간 주인이 백마를 타고서 당당하게 나타났습니다. 마치 그의 얼굴이 이렇게 말하는 것 같았습니다. '내가 멋지고, 돈 많고, 눈치 빠른 방앗간 주인이란 걸 알아보겠지!' 그 눈치 빠른 방앗간 주인이 다가 오자 하이너는 가련한 목소리로 말했습니다. "이 불쌍한 절름발이 좀 도와주십시오. 오다가 술 취한 군인 둘을 만나셨지요? 그놈들이 내가 동냥한 돈을 모두 빼앗고, 그것도 모자라 제 목발을 저기 나무 위로 내던져 버려 꼼짝도 못하고 있습니다. 죄송하지만 그 말채찍으로 내려주시지 않으시겠어요?" 방앗간 주인은 말합니다. "그렇소? 숲에 들어서기 직전에 그들을 만났는데, 고래고래 노래를 부르며 가더군. '내 사랑 리젤만큼 착한 여잔 이 세상에 없어' 라던가 뭐라던가." 목발은 웅덩이 건너편 나무에 있었기 때문에 방앗간 주인이 절름발이의 목발을 내리려면 좁은 통나무 다리를 건너기 위해 할 수 없이 말에서 내려야만 했습니다. 그리고 지팡이가 매달려 있는 나무로 가 위를 올려다보고 있을 때 하이너는 독수리처럼 재빨리 당당한 백마에 올라타서 발뒤꿈치로 박차를 가하였습니다. 그리고 방앗간 주인에게 소리쳤습니다. "걷는다고 너무 속상해 하지 마시오! 집에 가거든 마나님께 춘델하이너의 안부 인사도 전해 주시고요!"

이런 일은 직접 보지 않고서는 믿기 어려우시죠? 춘델하이너는 20여분 후에 브라센하임에 도착하여 물방앗간을 찾아갔더니 물방아는 덜커덕 거리며 돌아가고 있는데 사람은 아무도 없었습니다. 춘델하이너는 물방앗간 앞에서 내려 문에다 말을 매어 놓고는 다시 걸어서 길을 떠났습니다.

춘델프리더가 교도소에서 빠져나와 국경을 무사히 넘다

어느 날 춘델프리더가 교도소에서 밖으로 빠져나가는 길을 찾아냈습니다. 그는 '이렇게 늦은 시간에 간수를 깨울 필요는 없겠지' 하며 밖으로 나왔습니다. 저녁에 아무 일도 없이 국경에 접한 작은 도시에 도착했을 때는 이미 길마다 수배전단이 나뒹굴고 있었습니다.

성문 앞의 초소를 지키고 있던 보초가 그를 정지시키고, 이름이 뭐고, 직업은 무엇이며, 무엇을 하려는지 등을 물었습니다. 그때 춘델프리더는 당당하게 물었습니다. "당신 폴란드어 할 줄 아시오?" 보초가 대답합니다. "나도 외국어는 조금 하는데, 폴란드 말은 모르오." 춘델프리더는 "그렇다면 서로 대화가 어렵겠구면." 하면서 혹시 장교나 다른 병사가 있는지를 물었습니다. 보초는 차단기를 보는 사람이 폴란드 사람이긴 한데 그 사람에게는 설명하기가 힘들다고 하면서 초소장을 데려왔습니다. 초소장 역시 미리 폴란드 말을 몰라 미안하다고 하면서 덧붙여 말했습니다.

"여기서는 폴란드 말을 쓸 일이 거의 없으니 통역할 사람을 찾기가 쉽지 않을 텐데." 춘델프리더는 시계를 보며―이것 역시 도중에 주인 모르게 빌린 것이었습니다―"이것 참 낭패로군. 그걸 미리 알았어야 했는데. 오늘 밤 중으로 몇 시간 더 걸어 다음 도시까지 가야 하는데. 아홉 시면 달이 뜨잖소." 그러자 초소장은 "상황이 그렇다면 당신을 여기 붙잡아 두는 것보다 통과시키는 게 낫겠소. 이 도시는 크지도 않으니까." 하고 들여보내고는 난처한 상황에서 벗어나게 되었다고 좋아했습니다.

이렇게 프리더는 무사히 성문을 통과해 시내로 들어갔습니다. 시내에서도 그는 늦게 거리를 배회하던 거위에게 몇 마디 가르침을 주는 것 이상으로 오래 머물지 않았습니다. "너희 거위 놈들은 도대체가 말을 들을 줄을 모른단 말이야. 날이 어두워지면 바로 집으로 들어가든가 보호를 받아야 하잖아." 하면서 거위의 목덜미를 꽉 움켜쥐더니 마찬가지로 모르는 사람에게 빌린 외투 속에다 바로 감춰버렸습니다.

그는 반대편 성문에 도착하였을 때에도 반가운 응대를 기대할 수 없다는 것을 아는지라 초소의 서너 걸음 앞에서 초소 안의 사람들이 움직이는 것을 보고서는 먼저 당당한 목소리로 소리 질렀습니다. "거기 누구냐?" 보초가 마음씨 좋게 먼저 "친구"라고 암구호를 대었습니다.

이렇게 그는 무사히 도시를 빠져나갔고 국경도 벗어났습니다.

담뱃갑

네덜란드의 어느 도시 어느 술집에 많은 사람들이 모여 있었습니다. 일부는 서로 아는 사이이고, 또 일부는 그렇지 않았습니다. 그날은 장날이었거든요. 춘델하이너를 아는 사람은 아무도 없었습니다. "나 한 잔 더 주시오." 좀 있어 보이게 옷을 입은 뚱뚱한 남자가 주인에게 말하며 묵직한 은 담뱃갑에서 코담배를 집었습니다. 그때 춘델하이너는 좀 수상하게 생긴 녀석이 그 뚱뚱한 남자에게 다가가 말을 걸면서 흘깃흘깃 담뱃갑이 들어있는 남자의 윗옷 주머니를 곁눈질하는 것을 보았습니다. "이게 뭐지? 무슨 꿍꿍이속이 있는 게 틀림없어." 하이너가 생각했습니다. 처음에 서 있던 녀석은 그 후 포도주를 시키고는 자리에 앉아 뚱뚱한 남자에게 갖가지 재미있는 이야기를 하자 이 사람도 몹시 재미있어 하였습니다. 이윽고 세 번째 사람이 오더니, "실례합니다. 여기 좀 앉아도 되겠죠?" 하고 앉았습니다. 그러니까 처음의 수상쩍은 녀석은 밀린 척 뚱뚱한 이에게 딱 붙어 앉아 이야기를 계속하였습니다. 그가 말했습니다. "그래요, 제가 처음 이 나라에 왔을 때 풍차가 바람에 의해 그렇게 힘차게 도는 것을 보고 정말 놀랐습니다. 우리나라에서는 일 년 내내 바람 한 점이 없거든요. 그러니까 메추라기들이 떼를 지어 날 때 풍차를 돌리지 않으면 안 된단 말예요. 이른 봄이면 수십억 마리의 메추리 떼가 아프리카에서 바다를 건너와 풍차바퀴 위를 날거든요. 그때 방앗간의 방아가 돌기 시작하는 거죠. 그러니까 이때 곡식을 갈지 못한 사람은 일 년 내내 밀가루 없이 지내야 된답니다." 이 말에 뚱뚱한 남자는 웃음이 터져 거의 숨이 넘어갈 지경이었고 바로 그때 그 음흉한 녀석은 은 담뱃갑을 낚아채는 것이었습니다. "아이고, 이제 그만, 그만! 너무 웃겨 배꼽이 빠지겠소!" 뚱뚱이가 말하며 자신의 포도주병에서 그의 잔을 채워주었습니다. 그 나쁜 놈은 그것을 단숨에 들이켜고 나서 말했습니다. "좋은 포도주군요. 이거 화장실에 다녀와야겠는걸요. 잠깐 실례!" 하고서 옆에 앉아 있던 세 번째 사람에게 "잠깐 지나가겠습니다!" 하더니 모자를 쓰고 일어섰습니다. 그러나 그가 문밖으로 나가 그곳을 떠나려고 했을 때 춘델하이너가 어느새 밖으로 따라와서 그를 옆으로 잡아끌더니 말했습니다. "당장 우리 매형의 은 담뱃갑을 내놓으시오! 내가 그것을 알아채지 못했다고 생각하시오? 아니면 소리를 지를까? 그래도 나는 생각해서 술집에 앉아있는 사람들 앞에서 소리를 지르지 않은 거요." 그 도둑은 자신이 한 짓이 탄로 났음을 알고서는 벌벌 떨면서 하이너에게 담뱃갑을 내주고 제발 소리 지르지 말아달라고 빌었습니다. "아시겠소, 사람이 나쁜 길을 걸으면 이런 곤경에 처할 수 있는 것을? 이것을 평생 당신에 대한 경고로 삼으시오! 옳지 않은 게 좋은 것을 낳지 못하고, 정직이 최선의 방책임을 명심하시오!" 하이너도 이미 모자를 쓰고 있었습니다. 그는 소매치기 녀석에게 담뱃갑에서 코담배를 한 줌 집어주고는 그것을 바로 금은방으로 가져갔습니다.

춘델프리더가 공짜로 말을 얻은 이야기

춘델프리더는 온갖 장난 도둑질을 다 해보고 나자 그 짓에 싫증이 났습니다. 왜냐하면 그가 도둑질을 한 것은 무엇이 없어서, 아니면 욕심이 나서, 또 아니면 방탕해서 한 것이 아니라 재주를 좋아하고 머리를 훈련하기 위한 것이었기 때문이지요. 브라센하임의 방앗간 주인의 말을 다시 그의 집 대문에다 매어놓은 것 기억하시지요? 독자 여러분이나 저 가정의 벗이 그에게 무엇을 더 바라겠습니까?

이미 말한 바와 같이 춘델프리더가 온갖 짓을 다해 보고 난 어느 날 '이번에는 사람이 정직하면 어떻게 되는지 한 번 시험해 봐야지' 하는 생각을 하였습니다. 그래서 바로 그날 밤 순찰초소에서 서너 걸음도 떨어지지 않은 곳에서 일부러 염소 한 마리를 훔치고 현장에서 체포되었습니다. 다음 날 심문에서는 모든 것을 자백했고요. 그러나 재판장이 오히려 약간의 돈이나 주어 내보내려는 것을 눈치 챈 그는 '내가 아직도 충분히 정직하지 못했나보다.'라고 생각해서 일부러 의심스러운 말을 몇 마디 더하고 조사가 계속되자 약간 저항하는 척하다가 자신은 일찍부터 바퀴벌레처럼 낮보다 밤에 즐겨 활동하는 놈이었다고 진술했습니다. 게다가 판사가 최근에 일어난 몇 가지 도난 사건에 대해서 아는 바가 있냐고 하자 당연히 알고 있으며, 범인이 바로 자기라고 했습니다. 다음 날 판결이 징역형인 것은 말할 것도 없었지요.

판결이 내려지자마자 그를 교도소로 데려갈 군인이 이미 대기하고 있었습니다. 왜냐하면 교도소가 있는 곳이 스무 시간이나 걸리는 곳에 있었기 때문이지요. 그는 아주 후회하는 듯이 말했습니다. "정의는 언제나 실현되는 법. 죄를 지었으니 당연히 벌을 받아야지." 교도소로 가는 도중에 그는 자기를 데리고 가는 군인에게 자신도 군대에 근무한 적이 있다고 말했습니다. "나도 클레벡이라는 곳에서 보병으로 육년을 복무했다오. 요셉 황제가 네덜란드와 벌인 전쟁 때 쉘데 전투에서 일곱 군데에 상처를 입었는데 한 번 보시겠소?" 순박한 군인이 부러워하며 말했습니다. "난 전장에 나갈 기회가 없었어요. 늘 후방 근무죠. 원래 나는 바늘 공장에서 일했어요. 시절이 이러니 영영 기회가 없을 것 같아요." 춘델프리더가 말했습니다. "무슨 말을! 나는 전방 군인보다 후방에서 치안을 맡은 군인이 더 존경스럽다고 생각하는데요. 왜냐하면 도시가 전방보다 더 중요하잖아요. 그러니까 전방에 근무하던 군인이 나이 들면 후방에서 근무하는 것이거든요. 게다가 후

방에서는 사람들 생명과 재산, 그리고 자기 가족들을 보호하잖소? 전방에서 목숨을 걸고 전투를 하기야 하죠. 허지만 누구를 위해, 또 뭘 위해 싸우는지도 모르지요. 또 후방의 군인은 잘못되지 않는 이상 원할 때 명예롭게 죽을 수나 있지. 전방 군인들은 싸우다 죽어야 하거든요." 그는 계속하였습니다. "분명히 말하지만, 나와 나의 적들은 아직 살아 있다는 게 명예가 아니라니까." 옛날의 바늘공장 직공은 이 명예로운 비교에 그만 감동되어 이렇게 양심적이고 겸손한 죄수는 처음이라고 생각하지 않을 수 없었습니다. 그리고 춘델프리더는 군인이 따가운 햇살에 힘이 빠지고 목이 마르도록 쉬지 않고 큰 걸음으로 성큼성큼 앞서 갔습니다. 그리고 말했습니다. "전방 군인들은 행군에 익숙해서 큰 걸음으로 걷는 것도 후방 군인들과 다른 점의 하나라니까요."

오후 네 시쯤에 그들은 조그만 마을에 도착해서 주막을 지날 때 춘델프리더가 말했습니다. "동지, 한 잔 안 하시겠소?" "동지께서 괜찮다면 괜찮지요." 그래서 그들은 함께 한 잔을, 또 반 병을, 또 한 병을, 또 두 병을 마셨습니다. 의형제의 건배를 한 것도 자연스러운 일이구요. 춘델프리더가 군대 시절 이야기를 끊임없이 계속하자 바늘공은 취기와 피곤 때문에 잠이 들었습니다. 몇 시간 후 잠에서 깬 그가 춘델프리더가 없는 것을 알았을 때도 '무슨 일 있을라고? 형님은 먼저 가셨겠지' 하고 생각하였습니다. 아니었어요. 춘델프리더는 잠시 문밖에 있었습니다. 그가 빈손으로 가는 법은 없잖아요. 그는 다시 들어와서 "이보게 동생, 달이 곧 뜨려나 보네. 괜찮으면 오늘 밤은 여기서 지내도록 하지?" 군인은 잠에 취한 채로 말했습니다. "형님 뜻대로 하지요."

군인이 깊은 잠에 빠져, 베이스에서 시작해서 소프라노가 되었다가 다시 베이스로 돌아오며 코를 고는 동안에도 춘델프리더는 좀처럼 잠을 이루지 못했습니다. 그는 시간을 보내기 위해서 일어나 동생의 주머니를 살펴보다가 교도소장에게 보내는 자신과 관련된 편지를 발견하였습니다. 이어서 또 시간을 보내기 위해 동생의 군화를 신어보았습니다. 발에 딱 맞는 게 괜찮았습니다. 이어 또 시간을 보내기 위해 창문을 통해 거리로 나와 곧게 난 길을 계속 걸었습니다. 달이 밝았거든요. 군인은 아침에 일어나 형님이 보이지 않자 '다시 잠시 밖에 나가 있겠지' 생각했습니다. 물론 그는 밖에 있었습니다. 그리고 걷다가 날이 밝자 첫 번째로 도착한 마을에 들어가 촌장을 깨웠습니다. "촌장님, 제가 지금 난처한 처지에 빠져 있습니다. 저는 죄수인데 나를 호송하던 군인이 어디선가 사라져버렸습니다. 돈도 한 푼 없고, 길도 모르는데요. 그러니 마을 비용으로 먹을 걸 좀 마련해 주시고, 교도소가 있는 도시로 데려다 줄 안내인 한 사람만 붙여주십시오." 촌장은 마을 주막의 주인에게 이 사람에게 수프 한 그릇과 포도주 한 잔을 주라는 글을 써주고는, 여자애 하나를 불러 말했습니다. "주막에 가서 아침을 먹고 있는 손님이 식사를 마치면 시로 가는 길을 가리켜 드려라. 그 사람은 교도소에 가려는 사람이다." 춘델프리더가 소녀와 함께 숲을 지나 언덕에 올라서자 넓은 들 저 멀리 도시의 탑들이 보이자, 애를 돌려보냈습니다. "애야, 이제 집으로 가거라. 이제 길 잃을 걱정은 없겠다."

도시에 도착하자 길에서 만난 소년에게 교도소가 있는 곳을 묻고 교도소장을 찾아가 군인의 주머니에서 꺼낸 편지를 넘겨주었습니다. 소장은 편지를 읽고 또 읽어 보더니 마침내 춘델프리더를 눈을 크게 뜨고 쳐다보면서 말했습니다. "알았네. 하지만 이 사람아, 죄수는 도대체 어디에 있는가? 죄수를 인도해야 할 것 아닌가?" 춘델프리더는 깜짝 놀라서 대답했습니다. "죄수요? 제가 죄수인데요." 소장이 말했습니다. "이 사람아, 장난치지 말게. 여기는 장난치는 곳이 아닐세. 자네가 죄수를 놓쳤나 보군. 틀림없어." 춘델프리더가 말했습니다. "소장님께서 그렇게 믿으신다면 부인하지 않겠습니다. 그러면 소장님께서 말을 탄 사람을 하나 붙여 주시면 틀림없이 놈을 잡아오겠습니다. 그 놈이 사라진지가 십오 분이 채 안되었으니까요." 소장이 말합니다. "이 바보 같은 사람아, 말 탄 사람이 말을 타지 않은 사람과 함께 간다면 말이 빠르다고 무슨 소용이 있겠는가? 자네 말 탈 줄 아는가?" 춘델프리더가 대답합니다. "육년 동안이나 기마부대에 있었는걸요." 소장이 말합니다. "좋아, 자네에게도 말을 마련해 주지. 하지만 비용은 자네가 내야하네. 그리고 다음번에는 이런 일 없도록 하게" 하며 도망자의 수사에 필요한 것을 요구하는 대로 즉각 응해주라는, 각 지방의 장들에게 보내는 공문을 서둘러 만들어 주었습니다. 그렇게 해서 호송인 한 사람과 춘델프리더는 같이 말을 타고 춘델프리더를 찾기 위해 떠났습니다. 갈림길에 이르자 춘델프리더는 호송인은 어느 길로 가고 자신은 어느 길로 갈 것인지를 정하고는 말했습니다. "라인 강 선착장에서 우리는 다시 만나게 될 거요." 그러나 그들이 서로 보이지 않게 되었을 때 프리더는 방향을 다시 오른편으로 틀어 그가 가진 공문을 가지고 지나가는 마을에서마다 소동을 벌리고 춘델프리더가 나타났다는 경고의 종을 울리게 하였습니다. 이윽고 국경에 이르게 되자 그는 말에게 채찍을 가하고 국경을 건너갔습니다.

이런 일이 설마 우리에겐 있을 리 없겠죠?

꾀에는 꾀로

아주 세련되게 차려입은 두 사람의 상인이 한 유명한 금은방에서 곧 헝가리에서 있을 대관식을 위해 3천 탈러에 귀한 보석들을 샀습니다. 그리고 1천 탈러는 현금을 주고 그들이 고른 것들을 모두 보석 상자에 넣어 잠그고 그 상자를 아직 지불하지 않은 금액에 대한 담보로 금은방 주인에게 보관해 두도록 주었습니다. 적어도 주인에게는 그렇게 보였습니다. 그들은 말했습니다. "2주 후에 나머지 금액을 드리고 그때 상자를 찾아가겠습니다." 그리고 모든 것을 문서화했습니다.

그러나 3주가 지났는데도 아무도 나타나지 않았습니다. 대관식이 있다는 날도 지나고, 또 4주가 지났습니다. 그래도 아무도 상자에 대해 물어보는 사람이 없었습니다. 마침내 주인은 생각합니다. "왜 내가 당신들의 재물을 내가 보호해야 하고 내 자본을 죽여 놓아야 하지?" 그래서 그는 자격을 갖춘 법원직원의 입회하에 상자를 열어보고, 이미 받은 1천 탈러를 공탁해 두려고 했습니다. 그러나 상자가 열렸을 때 법원직원이 말했습니다. "여보시오, 주인 양반, 당신은 두 악당에게 속았어요." 왜 그런가 하니 상자 속에는 보석 대신에 조약돌이, 금덩이 대신에는 납덩이가 들어있었기 때문이었습니다.

그 두 상인은 교활한 사기꾼인 보헤미아의 유대인이었습니다. 그들은 진짜 상자는 눈치 채지 못하게 숨기고 똑같이 생긴 다른 상자를 금세공사에게 돌려준 것입니다. 법원직원은 말했습니다. "주인 양반, 좋은 충고는 비싼 법, 안됐지만 비싼 경험했다고 생각하는 수밖에 없겠습니다. 운이 나빴다고 생각하세요."

마침 그때 옷을 잘 차려입고 정직해 보이는 나그네가 문으로 들어와 갖가지 구부러진 은 식기와 이상한 버클들을 팔려고 하다가 그 장면을 보았습니다. 그리고 법원직원이 나가자 말했습니다. "주인 양반, 서류 나부랭이나 만지는 사람들에게 맡겨 봐야 소용없어요. 실제 전문가에게 맡기셔야지. 주인께서 물고기를 잡기 위해 미끼를 던질 준비만 되어있다면 방법이 없지도 않습니다. 당신의 상자와 그것의 값이 변함 없다면 내가 그놈들을 다시 여기로 데려다 놓겠습니다." "실례지만 누구신지?" 주인이 물었습니다. "나는 춘델하이너요." 나그네는 친절한 장난꾸러기 같은 얼굴로 신뢰감 있게 말했습니다. 가정의 벗처럼 그를 개인적으로 알지 못하는 사람은 그가 얼마나 정직하고 마음씨 좋은 사람처럼 행동하는지, 그리고 아무리 조심스러운 사람일지라도 어떻게 그 사람의 마음과 믿음을 돈을 훔치듯 훔쳐내는지 상상도 못할 것입니다. 그리고 실제로 그는 사람들이 생각하듯 그리 나쁜 사람도 아니거든요.

그때 금은방 주인이 '이에는 이, 눈에는 눈'이라는 말을 실행하고 싶었는지, 아니면 '말을 가져가는 사람은 고삐도 필요하다'라는 속담을 생각했었는지 모르겠습니다. 어쨌든 그는 하이너를 믿었으니까요. 물론 "그렇지만 나를 속이지는 마십시오."라는 당부와 함께. 하이너는 대답했습니다. "저를 믿어보세요. 그리고 내일 아침 뭘 좀 더 배우시는 게 있더라도 너무 놀라지 마시구요."

혹시 하이너가 무슨 단서라도? 아닙니다. 아직은 아무런 단서도 찾지 못했습니다. 그러나 그날 밤 그 금은방에서 또 네 타스의 은수저, 여섯 개의 은 소금함, 보석이 박힌 여섯 개의 금반지 등을 가져간 사람이 있었는데, 그게 바로 하이너였습니다.

독자님들 중에 금은방 주인을 탐탁하지 않게 생각하는 분은 "잘 된 일이다."라고 생각할지도 모르겠습니다. 그럴수록 더 좋습니다. 왜냐하면 금은방 주인 정말 잘 되었거든요. 그러니까 그는 책상 위에서 상기 품목을 잘 받았다는 하이너가 직접 쓴 영수증을 받았고, 또 앞으로 자신이 어떻게 행동해야 하는지를 적은 쪽지도 함께 받았으니까요. 자세히 말하자면 그는 그때 하이너가 하라는 대로 절도 사건을 당국에 고발하고 현장수사를 요청했습니다. 그다음 그는 수사당국에 잃어버린 품목들을 모든 신문에 알리도록 요청도 하고요. 그리고 그 봉합하고 보관했던 보석 상자도 그것의 모양과 들어있던 물건 등에 대한 상세한 설명과 더불어 장물품목에 포함시켰습니다.

경찰은 그 방법을 이해하고 주인의 요청을 수락하였습니다. 그리고 생각했습니다. '가정을 이끄는 남자라면 정직한 금은방 주인을 당연히 도와야지.' 그렇게 돼서 모든 신문에는 금은방이 털렸는데, 도둑맞은 것은 이런저런 물건인데, 특히 값나가는 것이 보석 상자이며 보석 상자 속에 든 귀한 보석들의 이름은 이런저런 것들이라는 상세한 기사가 실렸습니다.

이 뉴스는 아우그스부르크까지 퍼졌는데, 거기서 한 보헤미아 출신의 유대인이 동료에게 말했습니다. "룝, 그 금은방 주인은 상자 안에 무엇이 들어있었는지 다시는 알 수 없게 되었어. 이것 봐, 그가 그것을 도둑맞았다고 하잖아?!" "더욱 잘 됐군." 룝이라는 자가 말했습니다. "그렇다면 우리 돈도 돌려받아야겠네. 그 사람 이젠 빈털터리가 되겠군." 간단히 말해서 사기꾼들은 하이너의 꾀에 말려들어 다시 그 금은방으로 옵니다. "안녕하시오. 이제 우리들의 상자를 주십시오! 우리가 조금 오래 기다리게 했지요?" 금은방 주인이 대답했습니다. "손님, 그동안 큰 불행이 있었습니다. 선생님들의 상자가 도둑을 맞았습니다. 아직 신문에서 못 보셨어요?" 룝이 침착한 어조로 말했습니다. "그거 참 속상하네요. 하지만 불행은 댁이 당하셨지요. 당신은 상자를 우리가 당신 손에 넘긴 그대로 우리에게 넘겨줘야죠. 안 그러면 우리가 앞서 지불했던 돈을 돌려주거나. 어찌 되었던 대관식도 지났고." 잠시 설왕설래가 있다가 다시 금은방 주인이 말했습니다. "아무래도 불행은 손님네 쪽에 있는 것 같군요." 왜냐하면 바로 이 순간에 그의 부인의 안내로 완력깨나 있어 보이는 네 명의 경찰이 가게로 들어와서 놈들을 체포하였습니다. 이제 보석 상자는 언급할 필요도 없게 되었고 대신 교도소와 그들이 주인에게 지불해야 할 돈에 대해 말이 오갔습니다. 그 후 금은방 주인은 감사하는 마음에서 하이너가 쓴 영수증을 찢어버렸습니다. 그러나 하이너는 그 물건들을 모두 다시 돌려주었고 자신의 값진 도움에 대하여 아무것도 요구하지 않았습니다. "내가 언젠가 당신의 물건들이 필요하면 이제 당신의 가게와 상자로 가는 길을 알고 있으니 무슨 걱정 있겠어요. 모든 사기꾼들이 사라진다면 얼마나 좋겠어요. 그래야 나 혼자 남지요."

보시다시피 그의 질투심도 보통이 아니었습니다.

옮긴이 후기

여기 글들은 19세기 초에 목사이자 교사이자 시인인 독일의 요한 페터 헤벨(Johann Peter Hebel, 1760-1826)이 쓴 '달력이야기' 중에서 고른 것입니다. 대부분이 우리가 콩트 또는 장편(掌篇)이라고 하는 글처럼 짧은데, 독일에서는 발표될 당시부터 지금까지 열 살 아이에서부터 팔십 노인에게 이르기까지, 일반서민에서부터 지식층에 이르기까지 모두에게 사랑을 받았고 또 받고 있는 것들입니다. 구체적인 평가의 예를 들자면 그중의 하나인 〈뜻밖의 재회〉는 20세기 최고의 지성인들인 작가 프란츠 카프카와 철학자 에른스트 블로흐로부터 '세상에서 가장 아름다운 이야기'라는 찬사를 받았습니다. 노벨문학상 수상자인 엘리아스 카네티는 〈카니트퍼스탄〉이란 작품은 부모가 쓰던 스페인어나 이태리어가 아니고 독일어로 자신이 작품을 쓰게 한 동기의 하나였다고 합니다. 그러니 어느 독일어 교과서에서나 적어도 한 작품은 빠지지 않고 실려 있는 것이 이상한 일이 아닙니다.

요한 페터 헤벨은 지금 독일의 남서부에 있는 바덴-뷔르템베르크 주의 서쪽 반에 해당하는 바덴 출신입니다. 바덴 사람임을 강조하는 이유는 헤벨의 시대에는 지금과 같은 통일된 독일이 없었기 때문입니다. 그러니까 헤벨 당시의 바덴은 독일 땅에 있던 신성로마제국의 백작령이었다가 1806년 나폴레옹에 의해 신성로마제국이 해체된 후에는 그곳에 생겨난 30여 개국 중의 하나로 독자적인 대공국이었습니다. 프랑스와 라인 강을 국경으로 삼고 있어 이 강 동쪽 유역에 있는 프라이부르크, 카를스루에, 하이델베르크, 만하임 등이 이 나라에 속했던 도시들입니다. 헤벨은 그 남서쪽 끝인 스위스, 프랑스, 독일 3국의 국경이 갈라지는 바젤에서 가난한 부모 밑에서 태어나 그곳과 인근 시골에서 자랐습니다. 한 살 때 아버지를 잃고 13살 때 어머니를 잃었으나 다행히도 다른 사람들의 도움으로 대학공부까지 할 수 있었습니다. 대학에서는 신학을 전공했는데, 꽤 자유스러운 학창생활을 했던 탓인지 성적은 그리 좋지 않았습니다. 그래서 졸업 후 고향에서 목사를 보좌하거나 가정교사 등으로 생계를 유지하다 30살이 넘어서야 카를스루에로 건너가 인문 고등학교인 김나지움의 교사가 되었습니다. 목사로서 설교도 하였지만 생물이나 자연사 등의 과학교과를 가르치기도 했습니다. 그러다 나중에는 그곳의 교장을 역임했고, 아주 나중에는 바덴국의 신교 최고 성직자가 되었으며, 또한 그 자격으로 국회의원의 신분을 갖추기도 하였습니다. 그러나 이러한 출세나 작가로서 유명하게 된 것 모두를 그가 원한 것은 아니었습니다. 그의 유일한 소망은 고향 마을의 목사가 되어 소박한 사람들에게 목회를 하는 것이었기 때문입니다. 그는 대학생 때와 특별한 경우가 아니면 일생동안 바덴 지역을 떠나지 않고 바덴을 사랑한 바덴 사람이었습니다. 그것은 그를 문인으로 유명하게 한 것이 일차적으로는 그곳 사투리인 알레만어로 쓴 시였다는 점에서도 드러납니다. 헤벨은 사상적으로 당시 중요한 사조의 하나인 계몽주의의 성향을 지니고 있었습니다. 그것은 그가 신교 목사였음에도 불구하고 종파적인 편견이나 편협한 도덕과는 거리가 먼 그의 활동에서 증명됩니다. 이것은 여러분이 읽으신 작품 속에서도 충분히 느낄 수 있을 것입니다.

'달력이야기 Kalendergeschichte'란 말 자체에 나타나는 대로 '달력에 실린 이야기'를 말합니다. 17, 18세기 유럽에서 달력은 요일과 날짜를 알려줄 뿐만 아니라 일기, 농사, 건강 등에 대한 실용적인 정보나 일반적인 생활의 지혜를 제공하는 일도 겸했습니다. 더 나아가 대중의 오락적 욕구를 충족시키기 위해서 세상에서 일어나는 신기한 일이나 일상생활에서 겪는 재미있는 일에 대한 이야기들도 싣곤 하였습니다. 당시 달력은 성경을 제외하면 교육을 받지 못한 민중의 유일한 읽을거리였다고 말할 수 있습니다. 그러다보니 주민의 계몽을 위한 수단으로도 사용되기도 하고, 이를 위해 경우에 따라서는 강매되기도 하였습니다. 마침 헤벨이 근무하던 학교가 달력을 발행하고 있었는데 판매에 큰 어려움을 겪게 되자 그에게 달력 발행의 책임을 맡기게 됩니다. 그는 달력의 이름을 〈라인지방 가정의 벗 Rheinländischer Hausfreund〉으로 바꾸고 이야기를 싣는 부분을 확장하여 자신이 직접 쓴 이야기들을 실었습니다. 결과는 그야말로 대성공이었습니다. 발행부수가 급격히 증가해 바덴뿐만 아니라 인근의 다른 지방에서도 구독을 하게 되었기 때문입니다. 물론 헤벨이 쓴 이야기 덕분이었습니다. 이러한 성공의 결과로 1811년에 그는 그 이야기들을 모아 따로 책을 내게 됩니다. 그 책이 《라인지방 가정의 벗의 보석 상자 Schatzkästlein des Rheinischen Hausfreundes》입니다. 여기 번역된 글들이 바로 이 책에서 고른 작품들이고, 작품들 속에 나오는 '가정의 벗'이란 화자는 바로 달력을 만들던 헤벨인 셈입니다. 작가로서 헤벨의 성공은 앞에서도 언급이 되었습니다만 작품의 문학적 가치가 없다면 불가능한 일입니다. 그것은 그로 인해 '달력이야기'란 독립된 장르가 성립한 데서도 확인이 됩니다. 20세기의 여러 작가들이 달력과는 무관한 자신들의 작품들에 이 장르 이름을 붙여 내놓았습니다. 대표적인 이가 바로 베르톨트 브레히트입니다.

제목에 들어있는 '라인지방' 또는 '가정의 벗'이란 말은 목가적인 향토문학을 예상하게 합니다. 더군다나 달력이야기는 여러 가지 작은 이야기 방식인 소담이나 일화, 우화 같은 것들을 포함하기도 합니다. 하지만 일부 민속적인 이야기를 가공한 작품이 있다고 해도 전체적으로 봐서 헤벨의 작품은 향토문학을 훌쩍 넘어섭니다. 많은 이야기들이 역사상의 중요한 사건이나 유럽지역을 넘어 터키, 미국 등에서 일어난 당대의 사건들을 배경으로 삼고 있습니다. 이런 배경은 향토색보다는 도시의 세련됨과 세계에 대한 개방적인 시각을 부여합니다. 이것이 서사적 기교로서 작용하고 있는 것은 물론입니다. 이야기가 실제 사건과 연관됨으로써 신빙성이 높아질 뿐만 아니라, 다양한 사건현장이 독자의 상상력을 자극하여 이야기 하나하나가 다른 작품과 바꿀 수 없는 독특한 분위기를 만들어 주고 있기 때문입니다.

이야기의 내용들을 자세히 들여다보면 인간의 약점이나 기벽, 또는 인간간의 관계에서 발생하는 죄나 악덕들이 다양하게 형상화되어 있습니다. 마치 이에 대한 완벽한 카탈로그라도 만들어낼 수 있을 정도입니다. 물론 그에 못지않게 미덕의 목록을 작성하는 것도 가능합니다. 헤벨이 인간의 약점을 드러내는 것은 인간을 비웃거나 냉소하려는 것이 아니라 따뜻한 인간성을 통해 그 약점들은 개선하고자 하는 의도에서 비롯된 것이기 때문입니다. 바로 그 점에서 헤벨이 인간 개선에 대한 계몽주의의 낙관적인 의지를 잇고 있다고 하겠습니다. 오만과 허위의식은 소박함과 정직함을 당하지 못하고, 권위적인 태도는 냉정한 용기에 굴복하고 맙니다. 탐욕과 인색은 영리한 개인의 재치와 꾀에 좌절합니다. 헤벨은 바로 이런 미덕에 애정을 가지고, 이것들을 기발한 착상과 현명한 방식으로 유머러스하게 보여줍니다. 덕분에 너무도 분명한 교훈적 내용조차 전혀 진부하게 느껴지지 않습니다. 이 교훈들이 편협한 시민적 도덕과는 별로 관계없다는 것은 그가 악동들의 지나치게 짓궂은 장난에조차 따뜻한 시선을 보내는 것에서 드러납니다. 여기에 간접적이지만 속물들의 사이비 모럴에 대한 그의 항의와 저항 정신이 나타납니다.

또 하나의 특징은 헤벨이 일반대중의 단순하고 소박한 언어를 사용하고 있다는 점입니다. 발터 벤야민은 현대독일어 산문의 특징이 루터 성경의 독일어와 다양한 방언간의 변증법적인 긴장관계에서 생겨난다고 하면서, 그 예로 헤벨의 언어를 들고 있습니다. 성경 언어의 표준적 어법에 대중이 일상에서 사용하는 관용어, 실감나는 비유, 독특한 구문을 더해 직접적이고 감성적인 효과를 주고 있다는 것입니다. 사실 이 말은 헤벨 자신이 세운 이상적인 작가의 상과 부합하는 것입니다. 그는 '기교와 노력이 드러나게 쓰는 것보다 드러나지 않게, 그래서 마치 쉽게 쏟아져 나온 것처럼 쓰는 것이 유식한 사람이나 평범한 사람들을 동시에 만족시킬 수 있는 방법이다'라고 말하고 있으니 말입니다.

읽는 데에 참고가 될 몇 가지를 덧붙입니다.

헤벨이 달력에 글을 쓴 시기는 정확히 말해서 1803년부터 1811까지입니다. 이때가 바로 나폴레옹이 유럽을 호령하던 시기입니다. 나폴레옹은 1804년에 프랑스의 황제가 되어 1806년에는 이웃 신성로마제국을 멸망시키면서 세력의 정점에 올랐고, 1812년 모스크바 원정의 실패로 몰락의 길에 들어섭니다. 따라서 여러 글에 등장하는 황제는 특별한 경우를 제외하면 나폴레옹이고, 빈번히 언급되는 전쟁은 프랑스혁명 및 나폴레옹과 관련된 전쟁이라 생각하면 되겠습니다. 이 기간에 독일인들, 특히 남부와 서부의 사람들은 나폴레옹에 열광했습니다. 소위 '나폴레옹 법전'에 따라 농노와 유대인이 해방되고, 직업의 자유가 보장되었으며, 법 앞에 평등과 같은 가치가 실현되었으니까요. 독일인의 민족의식이 나폴레옹과의 투쟁과정에서 비로소 성립되었다고 하지만 이때까지는 그렇지 않았음을 헤벨의 작품에서 확인할 수 있습니다.

지금은 사라진 화폐 단위가 자주 나오는데, '탈러'와 굴덴은 당시 독일지방에서 쓰던 은화로 가치가 대략 같다고 보면 되겠습니다. 1굴덴은 60크로이처, 1크로이처는 8헬러, 또는 4페니히입니다. 또 바첸이란 단위도 있는데, 이것은 4크로이처입니다. 두블론이란 화폐도 나오는 데, 그것은 금화입니다.

원문에는 문단 나누기가 거의 없으나 읽기 편의를 위하여 나눈 곳이 있습니다. 글들이 당시 특정지역의 독자들을 위한 것들이어서 그들에게 자명한 지명들이나 통화단위 등은 우리에게 너무 낯설어 읽기에 방해가 되는 것들은 의미가 크게 달라지지 않는 선에서 다른 말로 바꾸기도 했습니다. 몇몇 작품은 이야기 끝에 이야기가 주는 교훈을 요약해주기도 하는데, 작품의 감흥을 해치는 것이라 생각되는 경우에는 생략한 곳도 몇 군데 있습니다.

무엇보다 쉽게 읽히도록 마음을 썼는데, 그러다보니 질박하고 구수하고 유머러스한 헤벨 특유의 문체가 많이 다친 것 같습니다. 번역이란 늘 원본에 부족할 수밖에 없다고 변명해 봅니다.

이야기 보석 상자

초판 1쇄 인쇄 2013년 2월 14일
초판 1쇄 발행 2013년 2월 18일

지은이 요한 페터 헤벨
옮긴이 강창구
편집인 신현부
발행인 모지희
발행처 부북스

주소 100-835 서울시 중구 신당2동 432-1628
전화 02-2235-6041
팩스 02-2253-6042
이메일 boobooks@naver.com

ISBN 978-89-93785-45-6 04080
ISBN 978-89-93785-07-4 (세트)